고향의 삶

고향의 삶

| 발행일 | 2021년 9월 17일 |

지은이	백창기
펴낸이	손형국
펴낸곳	(주)북랩
편집인	선일영	편집	정두철, 배진용, 김현아, 박준, 장하영
디자인	이현수, 한수희, 김윤주, 허지혜	제작	박기성, 황동현, 구성우, 권태련
마케팅	김회란, 박진관
출판등록	2004. 12. 1(제2012-000051호)
주소	서울특별시 금천구 가산디지털 1로 168, 우림라이온스밸리 B동 B113~114호, C동 B101호
홈페이지	www.book.co.kr
전화번호	(02)2026-5777	팩스	(02)2026-5747

| ISBN | 979-11-6539-978-8 03810 (종이책) | 979-11-6539-979-5 05810 (전자책) |

(주)북랩 성공출판의 파트너

북랩 홈페이지와 패밀리 사이트에서 다양한 출판 솔루션을 만나 보세요!

홈페이지 book.co.kr • **블로그** blog.naver.com/essaybook • **출판문의** book@book.co.kr

---

작가 연락처 문의 ▶ ask.book.co.kr

작가의 연락처는 개인정보이므로 북랩에서 알려드릴 수가 없습니다.

고향의 삶

백창기 에세이

군인으로, 공무원으로, 강사로
깊은 세월을 묵묵히 건너온 회고록

북랩 book Lab

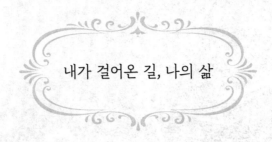

내가 걸어온 길, 나의 삶

주요 경력

- 전남 장성 출신 (동화면)
- 광운대 경영 대학원 수료
- 육군 화학 장교 대위 전역
- 육군행정학교 회계학 수료
- 제3군수 사령부 화학 지원 대장
- 서울시청 근무
- 영등포구청 예비군 중대장
- 한국안보문제 연구소 상임이사
- 서울시 민방위 강사
- 한국을 움직이는 인물들 (1995.12.20, 중앙일보)

표창장

- 옥조 근정훈장 (2000.6.28)
- 행정자치부 장관 (1999.1.27)
- 대한적십자 총재 (1997.7.5)
- 서울특별시장 (1988.9.22.)
- 서울특별시장 (1984.4.22)
- 서울특별시장 (1980.9.22.)
- 제3군수사령관 (1977.10.1)
- 제71사단장 (1975.12.31)

- 전투병과 교육 사령관 (1975.6.28)
- 전투병과교육 사령관 (1974.7.27)
- 제1유격 여단장 (1970.10.8)
- 동해안 경비 사령관 (1969.10.1)
- 서울시구청장 표창3회 (종로구 2회, 영등포구 1회)

감사장(감사패)

- 전라남도 경찰국장 (1975.12.31.)
- 전라남도 경찰국장 (1976.12.31)
- 한국전기 통신공사 (1984.12.31)
- 대한적십자사 서부 혈액원장 (2000.7.5)
- 은평구청장 (2006.12.3.)

머리말

2018년 11월 21일, 나는 응급실에 실려 갔다. 감기 증세가 보름이 지나도 호전되지 않았고, 고향길을 다녀오느라 너무 무리했는지, 더는 숨을 쉴 수 없었다. 그래서 119구급차를 타고 급하게 병원으로 이송됐다. 응급실에서 중환자실로…. 며칠간 밥을 먹을 수돗물을 마실 수도 없었기에 얼마나 힘들었는지 모른다. 다행히 시술이 잘되었고, 십여 일이 지나 퇴원할 수 있었다. 평소에 건강하다고 자부했는데…. 병원에서 느낀 것은 '언제든지 죽을 수 있겠구나' 하는 것이었다. 집에 돌아와 하나씩 물품 정리를 하고, 1990년대 중앙일보 신춘문예에 응모했던 원고도 없앴다.

나는 어릴 적 고향을 항상 잊을 수가 없다. 중학교를 졸업하고 1년간 깊은 산골에서 한문을 배우기 시작했다. 산속을 돌아보면 외딴 동굴 속이나 바위 틈새에 방을 만들어 놓고 오직 고등고시 하나만을 목표로 주야로 공부하는 이들이 많앗다. 산 정상에는 수련하면서 생활하는 수십 명의 청년을 목격할 수 있었다. 그때 '나는 무엇인가?' 하는 생각이 들었다. 그러다가도 멀리 광주 무등산을 바라보거나 북쪽의 서울을 상상하면 마음이 들뜨곤 했다.

1년이 지난 후, 친척 백상기 형님의 설득으로 장성 농고에 다니게 되었다. 중학교, 고등학교를 거치면서 탐정소설, 위인전, 문학, 소설 등 많은 책을 읽으며 나의 꿈을 키워나갔다. 특히 심훈의 『상록수』를 감명 깊게 읽고, 야학도 농사 교육을 하였다. 4-H 운동, 나무 심기, 보리밟기, 환경 정비를 하고, 초등학생 위주의 연극을 하고, 노래자랑 대회를 열어 마을에 새로운 바람을 불어 넣기도 했다. 심지어 상비약을 사서 치료도 하며, 공부보다도 현실적인 삶을 지향했다.

우리 집은 동네에서 부농에 속한 편이었다. 야산이 수만 평이 있어서 나의 꿈은 목장을 경영하는 것이었다. 미국의 카우보이 같이 덴마크의 축산업을 본받아 6·25 전후 어려운 시기에 많은 우유를 생산 공급해야 한다는 마음이었다. 중고교 때 4-H 운동을 하며 일찍 군대에 갔다 와서 농촌지도소에서 농촌 발전에 기여할 계획을 했다. 그래서 고등학교를 졸업하자마자 군 하사관으로 지원 입대하였다. 하지만 입대하고 3년 후 1967년 3월 4일, 간부사관 3기 소위로 장교가 되었고, 1978년 8월 31일 화학 장교 대위로 전역하기까지 군 생활을 하였다. 전역 후 2년간 구멍가게를 했으나 교통사고로 접게 되었다. 1978년 10월 1일에 서울시 공무원으로 채용되어 23년간 근무했다. 퇴직하여 10년간 민방위 강의를 하다가 부모님의 건강 악화로 병간호에 전념했다.

정신없이 살다 보니 주변의 친구들도 하나하나 사라지고, 어느덧 나의 삶도 얼마 남지 않았다는 생각이 밀려왔다. 지금까지 살아온 과정, 경험, 느낌, 생각을 남기고 싶은 마음이 간절해졌다. 그동안 군 평론지, 서울 시보, 구청 문예지 등에 기고했던 자료의 일부를 찾아내고, 스페셜에 썼던 자료는 기억력에 일부를 반영해서 이 책을 쓰게 되었다.

"내가 살아온 삶은 무엇인가?"

내가 살아온 과정을 기록하면서, 체험했던 것과 생각했던 것과 느꼈던 것을 수필이면서 산문, 그리고 에세이 같은 문학의 어떤 형태에 얽매이지 않았음을 독자 여러분이 이해해 주셨으면 한다. 이 글을 쓰면서 고향에 대한 애착심, 부모님의 사랑, 가정의 소중함을 다시 새기게 되었다. 그동안 도와주신 모든 친구, 독자 여러분께 감사(感謝)를 표한다.

목
차

3 서울이야기

4 가족의 사랑

고향의 삶

고향의 삶

　우리가 고향을 위해 무엇을 할 수 있을까? 생각하던 때가 있다. 비록 나는 고향을 떠났지만 남아있는 고향 사람에게 희망과 용기를 주고자 했다. 항상 고향에 대한 마음을 갖고 있었기 때문이다. 우리가 고향을 돕기 위해서는 하나의 단체가 필요했다. 1981년 5월 30일, 서울에 사는 고향인(박영오, 김영섭, 박정환 등)과 같이 회원 28명으로 "재경 구산 향우회"를 조직했다. 대규모 군·면 단위 향우회가 아니라 순수한 우리 마을, 내가 태어난 뿌리의 고향, 구산 마을을 위한 애향심의 진정한 고향인 모임이었다. 우리 회원들은 300만 원 기금을 마련하고, 1987년 3월 14일에 고향을 공식 방문하기로 했다.

　정월 대보름은 동네 부락민이 당산나무에 마을의 안녕과 풍년을 기원하는 미풍양속이 있기에 뜻깊은 날로 정했다.

옛날에 우리 마을에 도둑이 들어와 소를 끌고 계속 도망가고 있었는데 아침이 되자 소가 당산나무를 계속 돌고 있어 소도둑을 잡았다는 유래가 있다. 그래서 지금도 도둑이 없는 마을이라고 한다.

드디어 고향 방문 날 아침이 왔다. 설레는 마음을 안고, 부부 동반한 회원들은 관광버스에 올라탔다. 버스는 아침 8시 30분에 서울에서 출발했다. 안내양의 안내방송이 끝난 후 즐겁고 경쾌한 메들리 음악이 나왔다. 모두 즐거워하는 모습이었다. 그들은 어려운 시절 고향을 떠나 십 년에서 이십 년까지도 객지에서 온갖 어려움을 겪고 살아가는 이들이었다. 그들에게는 고향이 있기에 어린 시절 낭만이 있지 않을까? 나는 조용히 음악을 들으며 지난 소년 시절을 생각해 보았다.

중학교 3학년 때 부락민들을 즐겁게 하기 위해 초등학생들을 데리고 연극도 하고, 가정상비약을 사서 동네 환자를 치료해 주기도 했다. 그 후 고교 시절에는 동네 노래자랑도 했다. 소년 시절의 즐거운 추억인 듯싶다. 고교에 입학 후 구산 4-H를 조직했다. 회장은 김기홍, 총무는 내가 맡았다. 우리 회원들은 아침마다 조기 청소와 밤이면 야학(夜學), 농사(農事) 교육도 했었다. 4-H 깃발 아래 보리밭도 밟고, 상록수 주인공처럼 뒷동산에 나무도 심고, 마을 가꾸기에 열성적으로 활동했다. 청소년 캠핑 활동을 통한 자연 학습을 하고 4-H 경진 대회도 적극적으로 참여하는 등 군내에서 모범적인 4-H 마을이 되었다.

당시 회장 김기홍은 나와 3년 동안 4-H 활동을 하면서 가장 헌신적으로 마을 발전에 온 힘을 다했다. 어려운 가정 형편에도 고생을 하며 살아보려 애썼지만, 그는 40대에 병환으로 세상을 떠났다. 형과 같은 오랜 친구를 만날 수 없음이 내 마음을 더욱더 아프게 한다.

오후 2시쯤, 어느덧 관광버스는 고향 마을에 도착했다. 오랜만에 만난 친구, 친지, 친척 모두가 반가워했다. 버스에서 내린 우리들은 마을 사람들과 함께 점심을 먹었다. 시골에서 잡은 돼지고기, 구수한 숭늉, 쌀 막걸리, 김치와 된장, 모두가 고향의 맛이었다.

우리 향우회에서는 기념 타올 100개와 유적비, 당산나무 수호비 제작 비용으로 2백만 원을 기증하였다. 저녁 식사 후 농악 놀이와 당산 수호신에 대한 당산제를 지내는 등 밤늦도록 모처럼 고향을 떠난 사람과 고향을 지키는 사람 모두가 한마음이 되어 즐거운 한때를 보냈다. 어린 시절에 80호의 가구 수가 지금은 40호만 남아 있다니 농촌의 어려운 현실을 반영해 주었다. 그러나 객지의 자녀들은 고향에 계신 부모님께 농사 자금을 보냈고, 마을 주민들은 봄이면 딸기, 포도 등 특용작물을 재배하며 농촌의 어려운 현실을 극복하고 있었다.

그 후 우리 회원들은 1991년 9월 7~8일 양일간 재차 고향을 방문하였다. 우리 구산 재경 향우회원들은 고향에 있는 이들에게 마음의 용기를 주었고, 내 고향을 지키도록 도와야 한다는 마음을 더욱 갖게 되었다.

[1992년 12월 1일 『서울시보』에 실었던 글을 재구성했습니다.]

어머니의 사랑

　내가 어릴 적 겪은 6·25(六二五) 사변을 통해서 지극한 어머니의 사랑을 생각해본다. 전쟁 시, 내 나이는 7살이었다. 어느 날 어머니와 함께 뒷산 밭에서 풀베기하는데 하늘에 비행기가 떴다. 어머니는 나를 업기도 하고 손잡고 뛰기도 하면서 산 밑 방공호에 대피하였다. 캄캄한 여름밤, 모기에 시달리면서 뜬 눈으로 하룻밤을 지냈다.

　그다음 날 인근에 폭탄이 떨어졌는데 불발탄이었다. 비행기가 떴다 하면 어머니는 항상 나를 껴안고 바위 속으로 갔다. 하루는 비행기가 뜨자 대문 앞 바위 밑에 대피했는데 그곳에는 옻나무 뿌리가 있어 온몸에 옻이 올라, 한달 동안 고통과 아픔에 시달렸다. (그때는 아군 폭격기라도 사람만 보면 폭격했다.)

　어느 날 아침에 동네 사람들이 모여 얘기하는데 밤중에 인민군이 들어와 두 처녀를 데려갔다고 한다. 다행히 오전 10시에 돌아왔다.

인민군이 마을을 장학한 것은 5~6개월 정도 되었다. 밤이 되면 동네 어린애들을 광장에 모이게 했고, 빨간 완장 찬 처녀가 무슨 노래를 가르치고, 동네 마을을 돌면서 행군했던 기억이 난다.

마을에 낮에는 경찰이 오고, 밤에는 인민군이 오는 날이 몇 개월 계속되었다. 무더운 여름도 가고 가을이 되었을 때, 마을 앞에 수십 명의 군경이 총을 쏘며 들어왔다. 동네 모든 사람을 논에 모이게 하고 집마다 수색했다. 군경 두 사람이 집에서 나오지 않는 사람을 잡아냈다. 어머니와 나는 마을 사람들 맨 앞에 서 있었다. 군경들이 총을 쏘니 너무 무섭고 공포심이 들었다.

지휘자가 한참 동안 무슨 말을 하더니 무릎 꿇은 두 남자에게 인민군에 협조한 자라면서 두발의 총을 쐈다. 그들은 언덕 아래로 굴러떨어지며 사망했다. 유가족들의 울음소리가 들렸다.

그 후 얼마 안 되어 경찰이 들이닥쳤고, 온 동네의 집과

가축을 불태웠다. 생애 터전을 잃은 마을 사람들은 각자 흩어졌다. 어머니와 나는 네거리 다리 부근으로 갔다. 할아버지께서 다리 밑에 거적집을 짓다가 다행히 옆집에 방을 구할수 있었고, 우린 그곳에서 겨우 잠잘 수 있었다. 밤마다 총알이 날아오는 소리가 들릴 때면 어머니는 솜이불을 더 두둑하게 덮어 주셨다. 피난 기간 중 할아버지, 할머니는 어디계신지, 아버지와 두 누나는 어디로 갔는지 알지 못했다. 어머니는 오직 나만 데리고 다녔다. 낮에 총알이 날아올 때면논 자락에 엎드리며 기어가고 달려갔다. 가정과 황룡, 부락까지 대피하기도 했다. 맥아더 장군의 인천 상륙 작전으로 인민군이 퇴각하자 우리는 살던 집에 다시 집을 짓고 가족들과 다시 만나 살 수 있었다. 하지만 힘든 피난 생활에 시달렸던 그 시절을 다시는 떠올리고 싶지 않다.

어머니가 돌아가신 지 몇 년의 세월이 흘렀다. 어머니는 93살이 넘도록 장수하셨다. 항상 자식을 사랑하셨고, 이웃이 어려울 때 도와주셨고, 걸인이 와도 밥상을 차려 대접하셨고, 손님이 와서 차비가 없으면 적은 돈이나마 주시곤 했다.

나는 중·고등학교를 왕복 삼십 리 길을 걸어 다녔다. 방과후 청소를 하거나 특별활동이 끝난 시간에는 버스가 끊겨서 집에까지 걸어가면 밤 9시 이후에나 도착했다. 그럴 때마다 어머니는 마을 앞 입구 도로까지 등불을 들고 마중 나와 계셨다. 한 달에도 여러 차례, 한 번도 빠짐 없이 그랬다. 누나는 집이 월평인데 어머니가 기다리고 있기 때문에 비가 오나 눈이 오나 집에 갔다. 그 당시에는 마을에 전기도 없고 신작로는 캄캄하고 도로에 공동묘지도 여러 곳을 지나야 해서 무서운 마음에 한 손에는 가방을 들고, 다른 한 손에는 돌멩이를 들고 앞만 보고 뛰어 달렸다. 어두컴컴한 밤에 2~3시간이나 홀로 자식을 기다리는 마음이 진정한 자식 사랑 아니면 할 수 있을까 싶다. 서울에서 차를 가지고 갈 때면 어머니는 필요한 곡식이며 먹을 것을 잔뜩 실어 주시곤 했다.

2006년 3월 14일, 은평구청에서 아침 9시에 민방위대원 교육을 시작하기 직전, 어머니가 위독하다는 연락을 받았다. 하지만 수백 명의 대원 교육을 중지할 수 없어서 강의가 끝난 후 차를 타고 바로 병원에 도착하자 어머니는 바로 돌아가셨다. 손자도 있으시면서, 어머니는 나이 육십이 넘는 자식에게 "오, 내 새끼 왔나?" 하면서 엉덩이를 쓰다듬어 주시곤 했다. 어머니의 모습이 떠오를 때면 살아생전에 잘해드리지 못했던 것이 후회스럽다.

지금 시골에 있는 집을 수리보수하는 것이 고향을 그리워하는 마음 때문이기도 하지만, 수시로 시골집에서 휴식도 취하고, 부모님의 산소도 자주 찾아가기 위함이다. 항상 자식을 어린애같이 생각하고 "내 새끼" 하셨던 말씀이 진정 어린 어머니의 사랑이 깃들어 있음을 깨닫는다. 부모님의 사랑은 하늘보다 높고 바다보다 넓다는 격언이 새삼스럽게 생각난다. 항상 자식을 위해 세상을 살아오신 어머니의 사랑을 깊이 새기며 고향을 자주 찾으려고 한다.

고향길

　고향길은 항상 가고 싶은 곳이다. 내가 태어나고 자랐던 곳이고, 부모님이 계시기에 더욱더 가고 싶다. 얼마 전 이야기다. 가족을 태우고 고향길에 들어섰을 때다. 서해안 고속도로 고창 톨게이트를 지나 교차로에서 나와 좌회전을 하는 순간, 검은 차량이 불쑥 나타났다. "앗!" 위험을 직감하고 오른쪽으로 핸들을 돌렸지만, 충돌하고 말았다. 눈이 번쩍하고 천둥소리가 들리는 듯하다가 정신을 잃었다. 깨어보니 차량 앞 보닛은 없어지고 내가 타고 있던 차량은 반파되었지만 다행히 크게 다치지는 않았다. 만약 급히 핸들을 꺾지 않았다면 살 수 있었을까? 생각하니 아찔했다. 부모님에 대한 작은 효심이 생과 사의 갈림길에서 도움을 주는 것 같았다. 하느님이 우리를 보호해준 것 같았다. 고통스러워하는 가족들에게 위로의 말을 해주었다.

　얼마 후 경찰이 오고 구난차, 구급차가 왔다. 처음에 교통사고에 대해 내가 잘못이 있는 듯 말했으나 경찰서 사고 처리반에서 사고 현장 차량 충돌 위치를 재조사한 결과 상대방이 가해자임이 밝혀져서 난 피해자로서 인정됐고 사건은 종결처리 되었다. 이번 차 사고가 내 인생의 처음이자 마지막이었으면 하는 마음이 간절했다.

평소에 나는 고향에 계신 부모님이 걱정스러워 수시로 전화로 안부를 묻곤 했다. 그러던 어느 날 어머니는 누나 집에 가셔서 혼자 계신 아버지가 전화를 받으셨다. 아버지는 전화를 받자마자 "나 죽겠다 빨리 오너라." 말씀하시고는 전화를 끊으셨다. 나는 광주에 있는 동생에게 연락하여 "아버님 병환이 위급하니 집에 빨리 가서 입원 시켜 드려라."라고 말했다. 그다음 날 아버지는 입원해서 탈장 수술을 받으셨다. 그래서 아버지 병문안을 가려고 가족과 더불어 서해안 고속도로를 타게 된 것이다.

곧장 갔으면 좋았을 것을 깜빡하는 바람에 고창을 지나치고 영광까지 갔다. 그래서 다시 고창 방향으로 올라와 요금소에서 나오니 도로공사 관계로 신호등이 깜빡깜빡했다. 좌회전하기 위해 좌측 차량을 확인하고 우측 차량을 보면서 진입하는 순간, 상대방 차량의 과속과 부주의로 충돌하고 말았다. 상대방이 운전했던 차량은 충돌 후 수십 미터 앞으로 나가 있었으니 사고 당시 차량의 속도를 짐작할 수 있었다. 고창병원 입원을 마다하고 아버님이 입원하신 장성 병원으로 후송되었다. 가족과 같이 입원 후 이십여일 만에 퇴원하여 서울로 올라왔다. 그때 어머니는 걱정스럽게 말씀하셨다. "얘야, 다시 차 가지고 오지 마라." 손자까지 있는 분이, 아들을 어린애처럼 생각하심은 자식에 대한 어머니의 지극한 사랑의 마음이 담겨 있는 것이다. "얘야, 내 새끼야" 하시는 어머니의 부름을 오래오래 듣고 싶었다. 그동안 어머니는 "얘야, 올 때 처랑 같이 오라." 하고 늘 당부 하셨다.

나의 집사람은 고향에 가면 빨래부터 청소, 텃밭 가꾸기, 반찬 만들기까지, 하루도 쉼 없이 부모님을 돌봐드렸고, 부모님이 무척 좋아하셨다. 귀경할 때면 어머니가 자식을 위해 준비해둔 고구마, 과일, 참기름 등을 싣고 와야 하므로 차를 가져가지 않을 수 없다. 자식에게 무엇이든 많이 주고 싶어 하시는 게 진정한 부모님의 사랑하는 마음이 아닐까!

언젠가 아주 어릴 적 어머니를 따라 산에 간 적이 있다. 어머니가 산소에서 한없이 울던 모습을 본 기억이 난다. 어린 열네 살 때 대갓집에 시집와서 힘든 일이며 할머니의 시집살이를 겪으며 고난의 인생을 살아왔음은 자식을 위한 어머니의 희생정신이었으리라 생각된다.

어머니는 지금 아흔이 넘는 할머니가 되셨다. 그런데도 활동하고 생활하시니 난 얼마나 부모님의 복이 많은가! 부모님이 오래 사셔야 고향을 자주 갈 수 있을 텐데 연로하신 어머니를 생각하니 절로 눈물이 난다. "어머니, 갈게요." 인사하니 "아가야, 차 조심하고 가라." 하시며 눈물을 흘리셨다. 이번에도 어머니는 준비해두신 과일, 잡곡 등을 가득히 주셨다. 매년 몇 번씩 고향을 가지만 부모님의 자식을 사랑하는 마음은 끝이 없는가 보다. "어머니, 아버님, 다시 올게요." 우리 내외는 앞으로도 계속 고향을 갈 것이다. 부모님의 자식을 사랑하는 마음을 간직하면서 귀경하는 차량은 함박눈이 펑펑 내리는 고향을 멀리하면서 다시 서울을 향해 갔다.

[2004년 10월 『성북문학 창간호』에 실었던 글을 재구성했습니다.]

샘물에 빠진 아이를 살리다

"내가 생명의 은인인 줄 알고 있냐?" 집안의 조카뻘인 창종이에게 한 말이다. 그는 기억이 없다고 했다. 나의 고향 구산마을에는 우물샘이 세 개가 있었다. 마을 중앙에는 도총샘, 마을 입구에는 아래샘, 서쪽 대나무 숲에는 항아리샘이 있었다. 그중에서도 대나무 뿌리에서 샘물이 나오는 항아리 우물은 여름에는 시원하고 겨울에는 따뜻한 온기가 느껴지는 샘물로, 약수 중에서 최고라 할 정도로 마을 사람들이 가장 애용하는 샘물이었다. 장성에서 유명한 오동촌 샘물보다도 더 맑고 깨끗한 물이어서 얼마나 시원하고 맛이 좋은지 모른다.

지금으로부터 수십 년 전, 어느 무더운 여름인 7월이었다. 창종(나보다 4살 어린 7살)이와 나는 해당에서 (마을 광장) 공놀이를 하다가 목이 말라서 같이 항아리샘으로 뛰었다.

샘터에는 아무도 없어서 급한 마음에 거꾸로 매달려 물을 먹었다. 그런데 창종이도 따라 하다가 그만 "풍덩" 하고 깊이 3m 물속으로 빠졌다. 창종이는 바닥에 닿자마자 코피가 났지만, 신속하게 위로 건져지면서 구조 시간은 몇 초에 불과했고 인공호흡도 안 해도 될 정도였다. 하지만 울면서 집으로 갔고, 나는 혼날까 봐 집으로 돌아갔다. 그 후 마을 분들과 친척들은 우물의 물을 퍼내고 청소하는 등 바쁜 하루가 되었고, 겁먹던 나에게는 아무런 꾸지람도 하지 않았다.

그 후 군대에 지원 입대하여 장교가 될 때까지, 십여 년이 지난 후에 휴가를 나와서 보니 항아리 샘물은 사라졌다. 우물이 사라진 이유가 무엇인지 알아보니 마을에서 어린애가 물을 먹다가 빠져서 숨진 사고가 있었다는 것이다. 그런 사유로 항아리 샘물도 주변의 대나무 숲도 없앴다고 한다. 너무나 아쉬웠다. 수백 년 동안 애용되었던 그 좋은 샘물이 사고에 의해 매몰되어 사라진 것이다. 평소에 아이들이 많이 이용하는 우물인 만큼 바가지 등을 비치했다면 사고 예방이 가능할 수 있었을 텐데 하는 생각이 들어서 너무 아쉬웠다.

마을 3개의 우물 중 아래샘은 마을 진입도로 확장으로 항아리샘은 사고로 없어졌다. 남아있는 도총샘은 마을의 당산

제에만 사용하고 평소에는 자물쇠가 잠겨서 사용되지 않고 있다.

우리 구산마을 물의 역사는 우물 샘-가정 펌프-수도-모터-지하수-마을 공동-취수장-상수도 등으로 발전되어 왔다. 2015년부터 가장 맑은 평림댐 수돗물을 사용하고 있으니 얼마나 편한지 모른다.

앞으로 초고속 인터넷이 활성화되고 도시가스가 전 농가에 보급되면 문화·경제적으로 윤택해져서 귀농 귀촌 인구증가에 기여하게 될 것이라는 생각을 한다.

군에서 제대하여 서울시 공무원으로 근무 당시 80년도에 재경 구산마을 향우회를 또한 백씨 친족회를 조직하여 지금까지 만남과 친목 도모에 활동하고 있다.

2015년도 모임에서 여러 대화 중 처음으로 "내가 너의 생명의 은인이다. 알고 있나?"라고 물었다. 그의 대답은 "기억이 안 나요."였다. 어쩌면 당연한 말인지도 모른다. 서너 살 먹은 그가 기억 할 리 없지. 나는 6·25사변 시 대피하고 피난했던 어린 시절도 기억나고 또한 우물에서 건진 너의 모습도 떠오른다. 그 당시 증언을 해줄 대부분의 마을 분들이 돌아가시고 안 계시니 증인이 없다. 또 세월이 지나면 "내가 너의 생명의 은인이다."라고 말하고, 그럴 때마다 "너무 어릴 적이라 기억이 없어요." 할 것 같다. 만날 때마다 항상 웃음으로 대화하지만, 당시 위급한 상황 속에서 신속한 행동으로 살려냈다니 얼마나 보람된 일인가. 고향에 자주 갈 때마다 어린 시절 추억으로 길이 간직되리라.

잃어버린 삶

며칠 전 화창한 봄 향기를 맡으며 조카 결혼식 때문에 광주시에 다녀올 기회가 있었다.

고향에 갈 때마다 들리는 곳은 고향의 애환이 간직되는 곳, 장성의 대합실이다. 세상에서 버림받고 인생의 삶을 잃어버린 학교 선배가 오늘도 살아 있는지 알고 싶었기 때문이다. 그는 수년 전부터 나의 주변에서 사라져 버린 지 오래인지도 모른다.

내가 선배(봉연이)를 만난 것은 중학교 입학하고부터였다. 그는 2년 선배이며 마을은 다르나 이웃 동네였기 때문에 학교 가는 길에 서로 만나 4년간이나 같이 다녔기에 각별히 친하게 되었다. 그는 비록 남자였지만 성격, 품행, 언어 모두가 여성같이 행동하고 다녔다. 때로는 학창 시절부터 화장도 하고, 또한 동화면 주최 연극에서 여성으로 분장하여 위안 공연도 하여 면민들의 찬사를 받기도 하는 등 그는 춤과 노래 연극에 천부적인 소질이 있었다고 할까? 학교에서 연극 반원으로 자주 학예 무대에 섰던 그는 장차 훌륭한 연극인이 되는 것이 유일한 꿈이요 희망이었다.

어린 시절 그의 집안은 잘 살았지만, 그가 고교를 졸업할 당시에는 부모님도 돌아가시고 가산은 이미 기울어 남은 재산은 없었다. 그에게는 형 한 분이 계셨지만, 동생을 돌봐줄 형편이 될 수 없도록 생활이 어려웠다. 무명인, 그가 그토록 갈구하던 연극배우의 꿈도 사라지고 학교를 졸업 후 어디론가 나가버렸다. 여러 곳을 방황하다 서울에서 겨우 유흥업소에 들어가 그날그날 어려운 생활을 하던 중 남자가 여장했다며 누군가에게 심하게 맞고 그곳을 뛰쳐나온 후 또다시 낯선 거리를 방황하는 유랑인이 되었다. 그가 몇 년 후 다시 고향에 돌아왔을 때는 지난날의 봉연이가 아닌 미쳐버린 정신이상자가 되고 말았다.

내가 학교 졸업 후 처음 그를 만났을 때는 1970년 12월 추운 겨울이었다. 군 복무 중인 나는 휴가를 얻어 귀향길에 역 대합실에서 그를 만났다. 몇 년 만에 만났지만 그를 본 순간 깜짝 놀랐다. 그의 모습은 너무나 초라했고, 과연 저렇게 변할 수 있는가 싶었다. 그는 나를 알아보며 "창기 아냐?" 했고, 나는 "봉연이…." 그 이상 아무말도 할 수 없었다. 그의 옷은 찢겨 있으며 얼굴은 검고 초라했다. 내가 그에게 빵을 주니 몹시 배고픈 탓인지 한꺼번에 먹은 후 노래를 하고 춤을 추며 아무 말도 없이 어딘가 다른 장소로 떠나 버렸다. 그 후에도 매년 고향에 갈 때는 역전 대합실에서 자주 목격되기도 했지만, 그러나 수년 전부터 그의 모습은 영원히 볼 수 없었다. 나뿐만 아니라 아무도 그를 본 적이 없다. 누군가는 소록도로 추방되었다고 하고 다른 이는 이미 죽었을 거라고 했다. 누가 그를 죽게, 왜 그를 미치도록 만들었나?

선배 봉연이의 비참한 인생은 그와 가장 가까웠던 내가 한층 더 서글픈 마음 금할 길이 없다. 그의 잃어버린 삶은 나에겐 인생의 무상함을 느끼게 한다.

[1993년 4월 13일『서울시보』에 실었던 글을 재구성했습니다.]

할아버지 가족을 지키다

할아버지께서 할머니, 부모님보다 일찍 돌아가신 이유는 무엇인가?

어느 날 (6·25 시기) 군경이 마을 진입 후 할아버지를 데려가 무참히 폭행했다. 저녁에 친척이 업고 왔을 때는 온몸이 피투성이고 인사불성이었다. 당시 8살이던 나는 할아버지의 처참한 상처를 지금도 기억하고 있다. 이유인즉 "아버님 어디 있나?" 하는 것이었다. 사실 우리 식구 모두 아버님 행방을 아는 사람은 아무도 없었다. 당시 아버님은 면서기였고 6·25 전쟁기간 중 한 번도 얼굴을 보지 못했다. "아버님이 적에게 도움 주었는지 지금 어디 있는지 대라!" 할아버지는 온갖 고문에도 끝까지 "모른다."고 했다. 사실 행방을 모르기 때문에 당연한 답변인데 몽둥이로 가혹한 폭행으로 실신하고 말았다.

2005년도 초등학교 동창 모임에서 나이가 서너 살 많은 친구가 말했다. 6·25 당시 면사무소 지서에서 (동화지서 : 경찰 근무 파출소) 보초를 섰다고 한다. 그 보초를 관리하고 근무시간 편성을 아버님이 했다고 한다. 당시 아버님은 자치 방위대를 조직하여 운영 했다는 것을 여러 사람한테 들었다.

우리 지역은 적 1개 대대가 밤에 지나갔으나 아무런 피해는 일어나지 않았다(아마 낙동강 전선으로 급히 간 것 아닌가 싶다). 다만 일부 잔당이 남아 밤에는 마을에 내려오고 지서 등을 공격하기도 했다. 아버님이 보초 근무한 친구를 너무 잘 알고 있었고 사실임을 알 수 있었다.

당시 고향 마을에 주간에는 아군이, 밤이면 적이(완장 차고 와서 노래 가르치고 사상 교육을 했다) 왔다. 그 후 지서, 가까운 동네, 들판마을 일부 제외하고. 산골 마을은 주택. 창고 등 모든 재산을 군경이 불살라 버렸다. 삶의 터전을 잃은 동네 사람들은 각자 흩어졌고 어머니와 나만 지서 가까운 곳에 방을 구했다. 할아버지께서 거처를 마련해 주었다. 할머니와 두 누나는 어디에 있는지 나는 알 수 없었다. 다만 낮에는 농사짓고, 밤이면 다른 곳에서 생활했지, 어디에 있는지 몰랐다.

지서에서는 매일 기관총을 발사해서 총알이 집 부근까지 날아와 어머니와 나는 논 언덕 고랑으로 기어서 피신하기 다반사였고, 밤에는 총소리에 솜이불을 뒤집어쓰고 있어야만 했다.

할아버지께서는 일본 헌병과 싸웠다는 기록이 전해지고 있다. 그 내용은 1908년 사창에 있는 일본 헌병 병참 초소(일본 군인)에 할아버지 외 청년 5명이 초소를 습격해 3명을 살해하고 총기를 습득해 마을에 돌아와 총을 쏘고 노래를 불렀다 한다. 당시 한일 합병 전이지만 청일 전쟁 기회로 일본 군인이 지방 병참 지역에 헌병으로 배치되어 우리 한국 사람을 괴롭히고 식량을 강탈하여 일본에 보내는 등 만행을 저질렀다고 한다(당시 초소에 3명 말 탄 기동 대원은 하천에서 목욕 중 총소리가 나자 도망쳤다고 한다).

이런 내용은 백조종씨 부친께서 말을 들은 것이다. 수년간 자료를 국가기관 등에서 확인할 수 없었으나 박씨 문중 족보에 기록 사항을 알아냈다. (활동 명단, 행동내용 기록 확인) 이 자료를 토대로 백조종씨는 장성군 책자, 재경 군 향우지 등에 실릴 수 있었다.

인천 상륙작전으로 잔당(빨치산이라고 함)이 사라지자 할아버지는 집을 짓고 삶터를 마련해주어 돌아왔고 다른 마을 분들도 대부분 살던 곳으로 찾아왔다.

조부님께서는 장에 갔다 오면 사탕이나 주스(삼각 봉지), 옷을 사다 주셨다. 손자를 무척 사랑하셨는데 6·25 전쟁이 끝난 몇 년 후 폭행당한 후유증으로 3년간 누워 계셨다가 돌아가셨다. 오직 가족을 위해 할아버지 세대에 수집한 만 평의 산과 밭, 논이 아버지 시대에 없어지고 집과 선산만 남겨져 있을 뿐이었다. 할아버지의 헌신적인 가족을 위한 희생정신을 잊을 수가 없다.

할아버지, 할머니 묘소가 그늘이 있어 풀이 자라지 않아 선산 제일 위에 두 분을 합장하고 비석을 세워드렸다(고조부, 증조부, 합장, 조부님과 함께 나란히 모셨다).

심장병 수술로 중병 환자 시한부 인생이라 하지만 아침이 오면 '오늘 살았구나!' 하면서 헨리의 마지막 잎새가 떠오른다. "저 마지막 덩굴 잎이 내일이면 떨어지면 죽겠지?" 그런데 그 잎은 떨어지지 않고 계속 붙어 있었다. "창밖을 봐 마지막 잎새야. 이봐, 존지. 저거야말로 베어면 할아버지가 그린 걸작이야. 마지막 한 잎이 떨어져 버린 그날 밤에 베어먼 할아버지가 저기다 그린 거란 말이야." 베어먼 할아버지도 폐렴(肺炎)에 걸려 마지막 잎을 그리고 돌아가셨다. 한 생명을 위해 마지막 죽음을 앞두고 베어먼 할아버지의 희생정신이 떠오른다.

병원 주치의는 10년 수명 가능성을 긍정적으로 생각했다. 남은 인생 기쁘고 보람된 생활을 하고 싶다. 병이 호전되어 고향의 조상님의 묘소를 찾아 살려주어 고맙다는 인사를 하였다.

어머니의 삶

 2006년 3월 14일 아침 9시. 은평구청 민방위 교육 중 어머니가 위독하다는 소식을 듣고 교육이 끝나자 바로 차를 몰고 병원에 도착했지만, 어머니는 숨을 거두셨다.

 서울에서 장례 후 3일 날 고향마을에 도착하자 많은 부락민과 외부에서도 많은 분이 와 계셨다. 마을에서는 상여 등 모든 준비를 해 주었다. 마지막 노상 제사를 지내고 상여 구슬픈 소리와 함께 어머니는 선산으로 향하였다. 상여 소리 구슬픈 소리 인생이란 이렇게 떠나가는구나. 어릴 때 상여 따라다닌 기억이 생각났다. 어머니 93세이니 호상이라지만 죽음이란 슬픈 일이다.

 부모 동생 이별하고 이제 가면 언제 오나.
 어 허 어 허야 어허 어 허야….

인명은 재천이나 죽어 갈 길이 서럽구나.
어 허 어 허 야 어허 어 허야….

우리 인생 이슬같이 가는구나.
어 허 어 허 야 어 허 어 허야….

금옥같은 중한 일신 구름같이 가는구나.
어 허 어허 야 어허 어 허야….

어릴 적에 누가 돌아가시면 별생각 없이 유가족의 통곡 소리를 들으며 상여를 따라다녔는데, 어머니의 상여를 보며 벅차고 슬픈 감정 형언할 수 없고, 어머니의 자식을 위한 희생정신을 깨닫게 되었다. 그동안 마을에 수년간 상여 소리가 없었다. 상여를 멜 젊은이가 없었기 때문이다. 이장, 이정연, 박경렬, 조성구, 백길종 등 이웃 마을 젊은이를 모아 만장과 상여를 멜 수 있도록 준비했기에 가능했다. 어머니가 인자하게 살아왔기에 마을 주민들이 도움을 주었다고 생각한다. 그 후 마을에는 상여 멜 젊은 사람이 없어 어머니가 마지막 상여였다. 아버님은 7년 후 돌아가셨지만, 상여로 모시지 못했다.

어머니의 배려심은 끝이 없는가? 모든 장례를 마치고 시골 집에 친척 등 20여 명의 모여 있었다. 그날 세분이 어머니가 음식도 제공하고 차비(3만 원)까지 주었다고 한다. 한 분은 먼 친척이고 두 분은 모르는 분이다. 어머니가 인자하고 고마운 분이라고 말씀을 들었다.

어린 시절 사랑채 연결한 작은방을 일꾼이 만들고 있었다. 겨우 혼자 잠잘 수 있는 아주 작은 방이다. 며칠 후 할머니 한 분이 오셨는데 방으로 모셨다. 할머니는 홀로 되어 마을 딸에게 왔으나 가난하고 방도 없어 어머니께 부탁해 방을 만들었다. 우리 집 안채에 방 4개, 밖 사랑채에 2개, 대문 바깥 초가집 한 채에 방 2개가 있었으나 사랑채에는 일한 분 식구가 하나에는 다른 식구가 살고 있었다. 내방은 나그네 손님방으로 사용되어 실제 초·중·고등학교 시절 항상 큰방에 온 가족이 모여 좁게 잠을 잤다. 골방에는 친척 누나들이, 큰방에는 다른 할머니까지 잠을 잤다. 할머니가 새벽 4시에 일어나 라디오를 듣고 계셔서 잠을 설쳤지만, 어머니와 할머니 뜻에 따라 아무도 불평하지 않았다. 작은방은 아픈 할아버지와 아버님이 같이 자는 방이었다. 작은방에 사시는 할머니는 매일 산나물과 냇가에 나가 잡은 새우를 줘서 맛있게 먹은 기억이 난다. 어머니는 항상 음식을 갖다 드려 굶지 않도록 보살폈다. 그런데 한 번도 딸 식구를 집에서 본 적이 없다. 비록 가난하다지만 이해할 수 없다. 그 후 2년 가까이 살다가 돌아가셨다. 그런데 옷을 입은 채 하얀 보자기를 덮고 대나무에 엉켜서 지게에 지고 산에 가서 매장하는 것을 보았다. 몇 개월 후 옆집 할머니가 돌아가실 때도 대나무에 엉켜 산으로 가는 걸 목격했다.

그 당시 6·25 전쟁이 끝난 지 얼마 안 돼서 대부분 시골마을이 가난하여 먹기살기 힘든 시기라지만, 그 모습을 보며목관도 없이 마지막 가는 길이 마음이 쓰였다.

어느덧 나는 중학생이 되었다. 어느 날 학교에 다녀오니 어떤 17살 정도 되는 청년이 어머니에게 하룻밤 재워 달라고해서 승낙받았다. 밥 먹을 것을 가지고 다닌다니…. 방에 들어가 보니 미숫가루를 먹고 있었다. 어머니는 미숫가루만 먹고 살 수 없다며 저녁부터 밥을 주셨다. 어느덧 3일이 지나도 가지 않았다. 낮에 어딘가 갔다 오고 대부분 방에서 시간을 보냈다. 일요일에 대화하니 종교 얘기를 했다.

지금 생각해 보니 통일교 선교사 아닌가? 나는 종교에 관심 없었다. 동네 애들한테 얘기하니 호기심에 5~10명 정도 찾아와 종교 애기를 들었다. 며칠 지나자 한두 명 정도 왔고, 나중에는 아무도 오지 않자 그 청년은 20일 지나 말 한마디 없이 떠나갔다. 어머니가 어려운 처지에 있는 젊은이에게 숙식을 제공해 줌은 어머니의 따뜻한 배려심이다.

나는 내방을 뺏기고 큰방에서 할머니, 친척 할머니, 어머니, 누나까지 함께 좁게 잠을 잤지만 아무런 불평도 하지 않았다. 그 후 두 남매는 통일교에 빠져 대전으로 갔으며 일본인과 결혼하고 목사까지 되었다는 소문이 있었으나 고향을 찾지 않아 본 사람은 없었다.

나는 군대 전역 후 서울에 살면서 자주 고향 갈 때마다 과일 등을 사서 간다. 어머니는 수박 한 통 반을 잘라 재만이네 집에 무엇이든지 좋은 것은 먼저 갖다 드린다. 김재만 어머니는 매일 집에 오다시피 도움을 주고 식사도 같이하는 사이였다. 하루는 재만이가 나에게 어머니가 수박 한쪽, 그 외 과일 등을 주었다고 말한 것이다. 나는 이미 보았기에 알고 있었다. 재만이가 어머니를 많이 돌봐주었기에 감사의 표현이라 여긴다.

어릴 적, 하루는 재만이 집에서 놀다가 눈에 가시가 들어

갔다. 눈이 아파서 어쩔 줄 모를 때 재만이 어머니는 내 눈을 크게 벌리며 혀로 가시를 제거해 주셨다. 그에 대해 평생 고마움 잊을 수 없었다.

나는 중학교 시절에 친구가 가진 것을 어머니에게 사달라고 하면 어머니는 꼭 사주었다. 하루는 구두를 사달라고 했다. 사준지 며칠 만에 잃어버렸다. 수업이 끝나고 신발장에 구두는 없고 헌 운동화만 있었고, 그것을 신고 집에 왔다. 어머니는 "담임 선생에게 말했니?" 물으셨고, 나는 "안 했어요."라고 했다. 어머니는 "잘했다"고 하셨다. 그 후 단화를 사주었지만, 또 누가 신고 가버렸다.

그 후 어머니가 시계를 사주었다. 그 시계는 중학교 2학년 시절 잃어버렸다. 할아버지가 돌아가신 날, 내방에 두었는데…. 어떤 박 씨가 잠깐 내 방에 들어갔다 나오는 걸 봤다. 어머니는 장례식이니 모른 척하라고 했다.

한번은 어머니에게 친구가 카메라를 가지고 다녀서 카메라를 사달라고 졸랐더니, 카메라를 사주었다. 일제(Rocket)였다. 애지중지하며 오랫동안 사용했다. 1971년 1사단 화학참모 부부 보좌관 시절 셋방 집에서 처음으로 벽에 걸어놨는데 퇴근 후 집에 오니 없어졌다. 가족은 주인 아들이 카메라 들고 다닌 것을 보았다고 했다. 그토록 애지중지하던 카메라가 없어지다니…. 마음이 몹시 쓰렸다. 신고할까 배회 했는데 어머니 말을 듣고 생각해 저버렸다. "내가 손해 보더라도 상대방이 피해 없도록 배려해라."

수년 전 캄보디아 여행 때였다. 고급 카메라가 잠깐 아침 식사하고 온 사이에 없어졌다. 신고할까 말까 망설였다. 신고하면 범인은 잡힐 것이지만, 그는 직장을 잃을 것 아닌가. 또 어머니 말씀이 생각났다. 그래서 아무한테도 말하지 않았다. 신고 안 한 것이 과연 옳다고 할 수 있을까. 어머니의 뜻대로 그들이 올바르게 살았으면 한다.

불과 10년 전, 우리 집 주차장에 검은 쓰레기봉투가 일주일 동안 버려졌다. 눈이 오는 날 눈을 치우는데 어떤 젊은이가 쓰레기를 버리기에 "이봐, 어디가? 쓰레기 버리냐?" 큰소리쳤더니 반말했다고 대들고 심한 말을 하는 다툼이 일어났고, 동네 주민 3명이 보고 있었다.

또한 우리 주차장에 주차를 못 하게 했더니 옆집 주인 아들이라고 거짓말하고 주차를 해놓고, 먼 데 가서 전화도 안 받았다. 그 사람 때문에 급할 때나 강의를 가야 할 때 차를 빼지 못해서 사용 못 한 경우가 다반사였다. 그 사람은 주차를 못 하게 하자 송곳으로 타이어를 두 번이나 펑크냈다. 한번은 주차장에서 발견해서 바로 수리했다. 한번은 강의하러 차를 타고 가는데 차가 흔들려서 하마터면 큰 사고가 날 뻔했다. 타이어 대리점이 부근에 있어 4개를 다 교체하기도 했다. 왜 펑크를 냈느냐 추궁하니 한번은 자기가 했다고 시인했다.

한번은 전화기를 교체하려고 대리점에 갔는데 쌍욕 등 입에 담지 못할 정도로 그의 음성이 녹음되어 있었다. 그것도 두 번 통화 시 녹음내용이다. 전화 오면 욕하고 끊어버리면서 계속 욕을 했다. 대리점 직원이 녹음 내용을 계속 듣고 있어서 빨리 삭제하라고 했지만 한참 듣더니 경악을 금치 못하며 이런 욕을 하다니 놀라워했다. 나는 다 듣지 못 하고 파일을 삭제했다. 결국, 카메라를 설치하고 타이어 교체하는 등 100만 원의 손해를 봤다. 이번에는 신고해야지 했더니 가족이 절대적으로 말렸다. 젊은이한테 보복당한다고 했다. 지금까지 신고란 단어는 사라졌다. 만약에 지금 그런 상황이라면 신고할 것 같다.

어머니의 배려심은 어디까지인가? 1995년 4월 아버님이 돌아와 서랍을 여니 80만 원이 없어졌다. 누가 왔나 물으니 조금 전 어떤 분이 전화한다기에 하라고 했다는 것이다. 잠깐 밖에 일하고 들어오니 그 노인이 가버렸다고 한다. 아버님은 몹시 속이 상했다. 창고 지붕 슬레이트 교체 비용으로 내가 보낸 돈이었다. 사실 지나가던 나그네도 재워주면 사소한 물건이 없어진 것이 한두 번이 아니다. 그러나 어머니는 남을 의심하지 않고 누구나 어려운 부탁을 해도 거절한 적이 없다.

어머니는 할아버지, 할머님께 효심을 다했다. 할아버지께서 6·25 전쟁 시 아군 고문으로 3년간 누워 계셨는데 병시 중발을 어머니가 하신 걸 나는 보았다. 매일 미음으로 음식을 드리고, 대소변을 3년간 돌봐 주심을 나는 기억하고 있다. 중학교 때 할아버지가 돌아가시고 마루 끝에 공간을 만들어 영정을 모셨다. 어머니가 3년간 매월 초하루 보름날 밥상을 올리고 절하며 통곡하며 우는 모습을 지켜보았다.

설날 추석 명절에는 제사상을 차리고 어머니의 울음이 끝나면 온 가족이 절을 한다. 돌아가신 날에는 제사상을 더 큰 제사장을 올리고 하루 3번 곡을 한다. 문상 손님을 접대하는데 탈상 시까지 3번 문상을 하는 관례가 있었다. 탈상이 끝나면 사용한 물건을 태우고 방안에서 제사를 모신 것이다.

할머니는 86세 돌아가셨는데 3년간 할아버지 병간호 때와 똑같이 온갖 수발을 다 해드렸다. 군 휴가를 나오면 어머니가 정성스레 대하는 모습을 볼 수 있었다. 또한, 할머니가 돌아가셨을 때도 밖에서 3년간 할아버지 때와 똑같이 울면서 제사를 모셨다. 어머니는 6년간 병간호, 6년간 외부 제사를 지내셨는데 효심이 아니면 가능할까 싶다. 그뿐만 아니라 여섯 번의 조상 제사와 명절 등 모든 걸 혼자 준비하면서 실시했다. 어머니의 가족 사랑은 끝이 없다.

할아버지 시대에는 매년 논밭을 사서 산도 만 평이 넘었다. 할아버지가 돌아가시고 아버지 시대에 모든 걸 일꾼을 활용해 이용하니 인건비, 비료, 농약 등 말이 부자지 적자 기업이었다. 봄이면 고리채(돈과 쌀을 빌리면 1.5배로 추수가 끝나면 갚는다) 이용하니 추수 끝나면 식량 외에 고리채 등으로 없어졌다. 1년이 지나면 논밭이 거저 싸게 팔리고 사기당하곤 한다. 마지막 선산과 집만 남기고 돌아가셨다. 모든 재산이 없어도 자식들이 항상 용돈을 드려서 돈은 마음껏 쓰셨다.

할머니께서 식구에게 맞게 쌀을 주면 어머니는 두 주먹 정도 쌀을 항아리에 넣었다. 우리 집은 일꾼 등 모든 가족이 한 상에 식사하는데 어머니만 홀로 따로 드셨다(일꾼 15섬 1년 계약자 정규직 그때 필요한 일꾼은 일용직).

어느 날 부엌문을 열어보니 작은 그릇에 누룽지와 김치만 하나 놓고 밥을 드시는 것을 보고 난 눈물을 삼켰다. 남들은 부자라 하는데 매끼 쌀을 저축하고 식사도 못 하다니…. 그뿐인가. 겨울에는 가마니 짜기 봄에는 할머니가 목화, 삼베, 누에에서 실을 만들어 주면 밤새도록 베를 짜서 광목, 삼베, 실크, 비단을 만들어 그걸 팔았다. 그렇게 시계, 구두, 카메라를 사주었던 것을 알고 어머니의 자식을 위해 온갖 희생 하는 것을 알았다. 고등학교 진학 후 더 사달라 하지 않았다.

어머니는 가을이면 아침 일찍 법성포까지 가서 새우젓, 생선, 젓갈류를 2번이나 큰 통으로 이고 오셨다. 그때마다 꼭 내가 좋아하던 비싼 굴비를 사 오셔서 얼마나 맛있게 먹었는지…. 그보다 맛있는 굴비는 지금까지 먹지 못했다. 어머니는 여름이면 보리 한 말을 이고 10리길 과수원에 가서 복숭아와 자두로 바꿔 와서 식구들이 먹도록 하셨다.

지금까지 어릴 적 어머니를 곁에서 지켜본 일부를 기록했으며, 어머니의 사랑과 배려심은 한이 없다고 말하고 싶다.

어머니가 돌아가신 날 서울과 고향 선산에서 수많은 문상객이 왔음은 어머니의 어진 마음, 남을 베풀고 살아오셨기 때문이라 생각한다. 특히 상여로 모실 수 있도록 도와주신 이정연 이장님, 박경렬, 조성구, 백길종 등 마을주민과 이웃마을 청년들과 상여가를 불러주신 아버님의 친구, 장례식장에 와주신 모든 분에게 고마운 마음을 전한다.

고향 사람과 한마음 되다

2010년도에 마을 이정연 이장으로부터 한 통의 전화를 받았다. 올해 부락민 관광은 인천 월미도로 정했으니 재경 향우 회원의 적극 참여를 부탁한다는 전화였다. 나는 회원들에게 긴급 연락했다.

부락민 관광의 날, 20여명 이 인천 월미도 식당에 도착했다. 이미 고향 사람들이 와 있었고 식사를 준비하는 중이었다. 이정연 이장은 "지금까지 재경 향우 회원들이 고향을 많이 도와주었기에 오늘은 부락민이 식사라도 같이하기 위한 자리"라고 인사했다. 나는 "우리가 대접해야 하는데 고향마을에서 대접해준 데 대해 감사한다."라고 인사를 표했다. 이장은 "오늘 회는 많으니 마음껏 드세요."라고 했다. 60여 명이 많이 먹었지만, 음식이 남도록 푸짐했다.

이정연 이장, 그는 누구인가? 그는 2014년까지 15년간 이장을 했으며, 내가 4-H 할 때 초등학생으로 참여했고, 내가 군대에 간 후 5년간 회장으로 일했다. 그는 군에서 마을 안의 길을 포장하겠다고 했으나 거절하고 왕복 2차선 확장을 요구했다. 그 후 군에서 마을 길을 왕복 2차선으로 확장하고 새로 포장했다. 또한, 몇 년 후 아스콘으로 재포장해서 도로가 깔끔해졌다. 이는 이장의 끈질긴 노력의 결과다. 이뿐만이 아니다. 마을 앞 수로는 어린이가 빠질 수 있는 위험이 높아 수자원공사와 군 등 해당 기관에 적극적으로 요구해서 동네 앞 수로 덮개와 다리까지 완공할 수 있게 했다. 이곳은 주차장 등으로 쓰이게 되었다.

그리고 이정연 이장은 과수원을 장려했다. 복숭아-포도-감나무로 변천하며 장성군에서 단감나무 대봉으로 유명한 산지로 명성을 얻고 소득이 크게 증대하게 했다. 농지 정리로 벼농사의 소득 증대를 기하였고, 정화조와 정수장을 만들어 간이 상수도와 환경 미화에 기여했다. 더불어 마을에서 동구산(298.9m)까지 등산로를 만들어 건강에 기여했다. 장성군 축령산에 100만 평의 편백 숲이 있다면 이 마을 뒷산에는 수 만 평의 편백 숲과 대나무 숲이 있고, 가운데 정자와 벤치가 있어 건강의 휴식처가 됨은 이장의 적극적인 노력과 장성군 지원의 결과다. 이장연 이장은 동화면 번영회장

4년 공로로 2018년 면민의 상을 받았다.

2020년 3월 이정연 이장의 집을 찾았을 때였다. 101살 어머니와 함께 살고 있었고, 큰누나가 돌봐주어 어머니를 모시면서 농사일을 열심히 하면서 살아가고 있었다. 그런 그를 보면서 효심이 지극하다고 생각했다.

그를 이어 2015년부터는 조성구가 이장을 맡았다. 조성구 이장도 선임 이장 못지않게 열심히 마을 발전에 기여했다. 대표적으로 마을 공동 수도관을 폐쇄하고 평림댐 상수도관 설치로 마을 주민이 깨끗한 물을 사용할 수 있게 했다. 당시 공장 장성읍만 했던 수돗물을 가장 먼저 공사했으니 이장의 적극적인 노력의 결과다. 또한 정화조 주변을 정리하고, 주차장을 확보하고, 노랑꽃 화단을 조성하였다. 2021년도에는 5개년 계획에 따라 6억 원 예산 확보로 수로길 왕복 2차선 다리를 확장하고 입구에서 해당(마을 중심)까지 2차선을 계획하더니, 올해 중으로 공사를 완료할 계획이다. 또한 대형 CCTV를 마을 입구에 설치해 범죄 예방에 최선을 다하고 있다.

나는 육군 3군수 화학 지원 대장 시절에 정비 시설에서 조성구 일병을 만날 수 있었고, 너무나 반가웠다. 그 후 그가 근무했던 부대를 방문했다. 훈련 중에는 만나지 못했으나 내무반에서 보고 선임하사에게 사실을 얘기했다. 조성구 그는 나를 형님이라고 한다. 그 말이 듣기에 너무 좋다. 조성구와 나는 형과 아우로서 깊은 사이가 되었다.

어느덧 식사가 끝났고, 우리는 모두 유람선 매표장으로 향했다. 그날따라 수백 명이 줄을 서 있었다. 배 안에 들어가니 1층에는 필리핀 연예인이 노래와 춤, 마술 등을 공연하고 있었다. 이런 세상이 있나 싶을 정도로 기분이 좋았다. 2층으로 올라가니 디스코장이 있었다. 러시아 무인 3명이 춤을 추고 있었고, 그 주변에는 모두 고향 사람이다. 춤도 잘 추고 노래도 잘하고 관광지를 가는 곳마다 고향 사람들이 제일 화끈하게 신나게 노는 것 같다. 2시간의 유람선을 타고 즐겁게 보냈다. 5시경에 아쉬움을 남기며 관광차는 고향으로 떠나갔다.

우리 고향 마을은 타 부락보다 젊은이가 많은 편이다. 유치원부터 대학교까지 다니는 마을이다. 이정연과 조성구 이장 기간에 타지역의 주민 여섯 가구가 새로 와서 거주할 정도로 군에서 가장 살기 좋은 마을로 정평 나 있다.

그날 고향 주민들의 따뜻한 대접에 감사드린다. 건강이 회복되면 고향을 자주 찾을 것이다.

군인의 길

한 많은 DMZ

　어느덧 군대에 간 지 2년이 되었고 당시 나는 22살 하사였다. 1965년 봄, 나는 1개 분대원 병사를 이끌고 전방부대에서 며칠을 지냈다. 우리의 임무는 남방 한계선 제초제 작업(분무기)을 일주일 정도 실시하는 임무였다. 적의 스피커에서는 월북하라는 방송과 「선창가」 노랫소리가 나왔고, 고향 생각에 눈물이 고이기도 했다. 울려고 내가 왔던가 웃으려고 왔던가. 비린내 나는 부둣가에 이슬 맺은 백일홍 그대와 둘이서 꽃씨를 심던 그 날도 지금은 어디로 갔나 찬비만 내린다. 가사 일부를 개사해서 "누굴 위해 군대 왔나 미 앞잡이…." 그런 내용을 누군가 불렀던 기억이 난다.

　최전방이란 곳에 있었다. 남방 한계선 철조망이 무너져 있고 녹슨 것이 보였으나 별 동요 없이 작업을 완수할 수 있었다. 하루는 노루가 나타나 DMZ 내부를 뛰어다녔다. 노루를 쫓았으나 잡지는 못했다.

아니 내가 있는 곳이 지뢰밭이 아닌가. 한참 망설이다가 짐승들이 다니는 오솔길이 있어서 무조건 뛰었다. 천만다행으로 사고는 없었으나 어쩌면 무고한 행동임을 깨달았다. 한 많은 DMZ를 누비고 다니다니 겁도 없이…. 어느 날 안내병과 같이 DMZ 내의 길을 따라 걸어갔다. 길가 오솔길 옆에는 고랑천이 있었고, DMZ 중앙에는 민둥이었으나 길가 숲속에는 나무와 넝쿨이 엉켜 있어 앞이 안 보일 정도였다. 넘어진 철조망에는 가끔 희미한 지뢰 표시판이 보이기도 했다. 나는 지금 어디로 가고 있는지….

한참 후 군사분계선 부근까지 갔다. 적 GP에서는 몇 명의 병사가 보일 정도였다. 이 길은 간첩 루트라고 한다. 겁 없이 DMZ 내부를 활보하다니 지금 생각하면 상상할 수 없는 일이다. 안내병은 낮에는 적과 만나면 악수도 하고 담배도 주고 대화하기도 했다. 하지만 당시 야간 근무 시 잠자면 목을 베여가니 근무는 철저히 해야 했다. 지뢰 표식 철조망은 쓰러져 있어서 잘 보이지 않는다. 무서운 공포심을 안고 걸으며 다시 돌아왔다. 한 많은 DMZ를 겁 없이 하루를 걸으며 평화적인 통일만이 민족상잔의 비극을 막을 수 있음을 깨달은 계기가 되었다. 최전방에서 국방의무를 다하는 장병들에게 고마움을 느꼈다. 비록 나도 군인이지만 우린 후방 아닌

가. 오늘도 북한 선전 대에서는 대남 방송이 계속되고 있다.

저 멀리 적근산(철의삼각지대; 철원, 김화, 평강 지역이 철의 주산 지여서 그렇게 불린 듯 함, 한국 전쟁 때 군사 요지)에는 북한군 1개 군단이 들어갈 수 있는 땅굴이 있고, 여러 땅굴 쪽 포구는 남쪽을 향하고 있었다. 안내병에 따르면 의하면 차량이 들어 가는데 나온 걸 목격할 수 없었다고…. 아마 뒤쪽에 출구가 있는 것 같았다. 우측에는 한국 전쟁 시 가장 치열했다는(하루에도 여러 차례 공방전) 그 유명한 백마고지가 보인다. 수많은 포탄에 민둥산이 되어 있었다. 어릴 적 군인들에게 들던 얘기를 난 실제로 DMZ 내부를 관찰하고 적근산 백마고지까지 보았다. 며칠간의 최전방 남방 한계선 제초 작업을 마치고 부대로 복귀했다.

초등학교 때 도시락을 먹고 나서 교장 숙소의 가마솥에 학생들이 모인다. 뜨거운 우유를 주기 때문이다. 미국에서 원조해온 분유로 약간 달콤한 맛이 주린 배를 채웠다. 언젠가 미국 잡지에서 카우보이를 봤다. 광활한 평지에서 말을 타고 달리며 목축업을 하는 것이 동경의 대상이 되었다. 장래희망은 목장 경영이다. 미국, 덴마크에 가보고 싶다. 시골집에는 할아버지께서 마련하신 수 만평의 야산이 있었으니 저곳에 말을 타고 목장을 하며 살아가고 싶은 마음은 어릴 적 꿈이었다. 그러나 군대에 있을 무렵 그 많은 산과 밭은 싼값에 매매되거나 남한테 사기당하고 선산 일부만 남아 목장의 길은 멀어졌다.

그 후 간부사관학교 시험에 합격하여 졸업 후 1967년 3월 4일 소위로 임관하여 화학 장교로서 군인의 길을 걷게 되었다.

모의 원자탄

통제부에서 가상 핵 상황 하에서 시범 개요 브리핑이 끝나고 폭파 명령이 떨어졌다. 윤 소위와 나는 배터리에 전선을 연결했다. 폭발음은 들리지 않았다. "아 불발이다." 누가 먼저라 할 것 없이…. 윤 소위와 나는 백린 연막탄을 들고 폭파 지점으로 달려갔다. 1965년경 가을 여주에서 모의 원자탄(가상핵무기) 상황에서 방사능, 탐지, 측정, 제독 등 대규모 화생방 방호 시범 훈련을 하였다. 이곳 여주 남한강 주변에는 시범 훈련을 참관하기 위해 전후방 부대 지휘관과 내외빈 수백 명이 관람장에서 전방을 주시하고 있었다.

당시 시범에 참여하기 위해 화학 소대원 20여 명이 여주 시범장에 파견 나온 지 20일이 지나 내일 있을 시범 훈련에 만반의 준비를 다 했다. 오곡이 무르익어가는 가을 들녘에 황금 물결이 넘치고 남한강 물은 여주 대교를 지나 유유히 흐르고 있다. 강 건너 여주 팔경 천년 고찰 신륵사(신라 진평

왕. 원효대사 창건)의 뛰어난 경관이 아름다움을 더하고 있다. 밝은 보름달은 북두칠성이 보이고 조용한 강변에서 고향 생각이 그리워졌다. 그간 통제부 전반 4㎞ 지점 산에서 여러 차례 연습 시(5G/A) 뇌관 불발탄이 많았다. 훈련 당일 55G/A 드럼통을 사용했다. 주요 재료는 소이탄, 백린 연막탄, 도폭선, 휘발유, 안개유, 티크너, 뇌관 등을 사용해서 폭음과 함께 하얀 원자운을 형성하도록 만들었다. 이 모든 과정은 나의 책임으로 이루어졌다. 뇌관을 2개의 전선에 각각 연결해서 후방 200m에서 2개의 배터리에 연결하면 폭발할 수 있게 했다. 만약을 위해 wp탄 2발(상태가 가장 양호한 것)도 준비했다.

드디어 시범 당일 아침이 밝아왔다. 시범 통제부에서 브리핑이 끝나고 폭파 명령이 떨어졌다. 윤 소위(소대장)와 나는 각각 배터리에 전기선을 연결했으나 폭파되지 않았다. 우리는 동시에 wp탄을 들고 매설 장소로 뛰어가 소대장이 먼저 안전핀을 뽑고 던졌다. 불과 2m 정도 거리에서… 그동안 여러 차례 연습한 관계로 주변에 티크너 타는 불꽃이 남아있어 언제 폭발할지 모르는 상황이라 위험천만한데 다행히 폭탄은 불발이었다. 최신형 wp탄이 불발이라니… 하느님의 도움인가… 만약 폭발됐으면 불바다 파편에 우리는 가루가 되었을 것이다. 나도 던지려고 했다가 멈칫했다. "소대장님 배터리 가져오세요." 여러 개의 뇌관 연결이 합선임을 직감하고, 여러 개의 뇌관선을 제거하고, 2개의 뇌관만 연결해서 7m 거리에서 전선을 입으로 끊고 소대장이 가져온 배터리에 전선을 연결했다. "꽝" 폭음과 함께 폭발했다. 빨간 불빛이 났다. 검은 연기와 하얀 원자운 형성과 함께 파편이 하늘로 치솟았다. (마치 1945년 8월 6일 일본 히로시마, 1945년 8월 9일 나가사키에 투하된 원자탄 모습과 같았다)

"앗 성공이다!" 기쁨과 환희를 만끽했다. 기쁨도 잠시 수많은 불꽃과 수많은 수류탄, 파편 등이 떨어지기 시작했다. 온몸이 흙과 기름 투성이었고 경사가 심해 아래로 뒹굴었다. 폭파 지점이 가까워서 다행히 피해는 없었다. 저 멀리 수백 미터 떨어진 산에 불꽃이 튀어 산불이 나서 대피 중인 소대원을 동원하여 신속히 화재를 진압했다.

"충성"이란 무엇인가? 책임과 사명 완수에 기쁨이란 더 이루 말할 수 없다. 불과 몇 분(2~3분) 이내 이루어진 상황이었다. 우리 부대원은 목격해서 알고 있지만, 통제부는 긴급 상황을 아무도 모르고 있었다. 모의 원자탄(가상 핵무기) 폭발 후 예정대로 시범 훈련은 성공적으로 끝났다. 나는 3년 후

장교로 임용되었고, 소대장은 중위로 진급되었다. 각각 교육을 받기 위해 화학 학교에서 뜻하지 않게 만나게 되었다. 당시 돈이 부족해 방을 구하지 못 하고 길거리 헤매는 나에게 3만 원을 빌려주어 월세방을 구할 수 있었다. 그 후 한 번도 만나지 못해 얼마나 아쉬운지 이루 말할 수 없다.

충성심과 책임감이 강한 장교 윤여국 소대장을 꼭 한번 만나 생사고락을 같이했던 그때의 일화를 되새겨 보면서 좋은 만남을 갖고 싶다.

[1972년 화학 평론지에 실었던 글을 재구성했습니다.]

위험해! 뛰어 내려라

무더운 여름 어느 날이었다. "우리 오늘 연천 재인 포 구경 가.", "갑자기 웬일이야?" 평소 휴가도 안 가고 기껏해야 고향에 봄과 가을에 2번 차 타고 가는 것이 유일한 여행이요 휴가였는데….

아침 일찍 출발하여 정오 즈음, 전곡읍에 이르렀다. 우측에는 옛 군인극장은 사라지고 아파트 단지가, 좌측 평야에는 새로운 시가지가 조성되어 있었다. 군 생활 때 외출도 나온 곳이라 군인장에 단체 관람한 기억이 새로워진다.

어느덧 청산면 궁평리에서 신답리 방향으로 올라가니 한탄 강 댐(홍수조절용)이 나왔다. 건너면서 지난날의 위험한 순간이 떠올랐다.

1964년도, 조그마한 다리(높이 5m 내외, 한탄강 깊이 지상에서 직선 40~50m 정도), 폭우나 홍수 때 범람으로 차량은 다닐수 없다. 평소에는 물 깊이가 낮아 신발을 벗고 건너기도 했고 차량은 비탈길로 위험한 도로였으니 항상 사고의 위험성이 있었던 곳이다.

당시 부근에서 근무 당시 그때의 위험한 순간이 떠올라 지난날의 있었던 일이 떠오른다. 나는 병사 5명과 같이 군 트럭을 타고 병참 부대에서 군수품을 수령하고 한탄강을 건너 올라가는 데 갑자기 차가 뒤로 위험한 순간 "STOP 하라!" 했다. 다행히 차는 멈추었고 전부 하차했다. 차는 절벽 길 도로에 뒷바퀴 하나가 약간 걸쳐져서 만약 추락했다면 모두 사망했을 것 아닌가…. 천만다행이라 여겼다.

"김 일병! 차 갈 수 있나!" 누군가 외쳤다. 김 일병은 경험이 적어 운전미숙이었다. "옆에서 사이드 잡아주면 해보겠습니다.", "조수석에 탑승할 병사 희망자 없나?" 그런 위험한 목숨을 거는 데 나설 자가 없는 것이 당연한 것 아닌가. 나도 망설였다. 그러나 난 책임자다. "김 일병 내가 조수석에 타고 사이드 꼭 잡을 테니 앞으로 올라가라! 만약 조금만 후진해도 저 절벽 아래로 추락하여 우린 죽는다!" "김 일병, 시동 걸어! 우측으로 붙이면서 계속 앞으로 가!" 병사들도 차에 탑

승해서 50m 정도 올라갔는데 차가 갑자기 후진했다. "야 STOP! STOP! 뒤에 있는 병사들 빨리 뛰어내려라! 빨리, 위험해!" 병사들은 재빨리 탈출했고, 차는 다행히 후진하면서 우측 고랑 언덕에 정지되었다.

만약 그대로 계속 후진했다면 낭떠러지 절벽에 추락했을 것이다. 운전병과 나는 황당무가 되었고 몸이 오싹할 정도였다. 한참 생각한 후에 "운전병 나올 수 있겠나?" 말을 걸었다. 구난차가 머리에 스쳤다. 시간이 많이 소요됐다. "병사들은 먼저 걸어가라!" 차는 천천히 움직였다. 다행히 한탄강 언덕 도로 길에 올라 평지에 이르렀다. 병사들을 태우고 부대에 귀대했지만, 아무도 우리에게 일어난 일을 모른 척 행동했다.

승용차는 교문리에 도달했고, 숲이 우거진 폭포 위에서 잠시 휴식을 취했다. 계곡 아래로 내려오니 웅장한 재인 폭포의 물줄기가 무더운 여름에 시원함을 만끽하게 했다. 재인 폭포는 연천의 가장 대표적인 7경중 가장 으뜸가는 명소(폭넓이 30m, 길이 100m)를 자랑한다. 어느덧 집에 도착하니 어두운 밤이었다. 지난날의 군 생활 중 잊을 수 없는 추억을 회상하기 위한 올해 여름의 하루행은 가장 행복한 마음을 갖고 깊은 잠이 들었다.

장단반도에 평화가 깃들다

1970년대 초. 우리 부대가 이곳에 온 지 1개월 정도 됐다. 이곳에 배치된 것은 미군 부대가 철수한 이후다. 부대가 온 시기는 꽃피는 봄인가 보다.

아침에 출근하니 참모님이 "임진강 장단도에 무장간첩이 침투해 부상자가 발생해 비상상태다. 백 대위, 화학 소대에 지시해서 최루탄 2통과 소대장 출동 지시해!"라고 했다. 화학 참모님과 함께 현장 지휘소에 거의 도착할 무렵 누군가 "엎드려!" 외쳤고, "꽝!" 포병 부대에서 처음 발사된 포탄이 우리 주변에 떨어졌다. 다행히 불발 피해가 없었지만, 하마터면 큰일 날 뻔했다. 병사 2명과 함께 고무보트를 타고 임진강을 건너가니 그간 비가 많이 와서 수위가 높았고 배가 많이 흔들려 불안했다. 장단반도는 그동안 미군 부대가 관리하였으나 수년간 갈대숲을 제거하지 않았는지 사람 키보다 크고 앞이 안 보일 정도였다. 강가를 따라 올라가니 피 가

낭자한 곳이 있었다. 이곳은 순찰 중 수색 중대장이 중상으로 후송되고 무전병이 다쳤던 곳이다.

장단도 오른쪽에서 100m 정도 북쪽으로 가다가 멈춰야 했다. 지휘부에서 폭파령이 났다. 나는 엄호병을 요청했고, 연대 중대장이 왔다. 손자병법에 적을 알면 백전백승이라 했는데 갈대 속에 숨어 있으니 오히려 우리의 노출이 약점인 것 같았다. 나는 두 병사와 같이 발사 통을 들고 10m 정도 전진했고, 병사들이 도로 나왔다. 병사들은 공포심에 더 들어 갈 수 없다고 그들의 심정을 이해할 수밖에 없었다. 보병 병사들이 밀집 수색을 하다가 무장간첩들의 기습 사격으로 사상자가 발생했기에…. 연대 병력은 주변을 완전 포위하고 감시 작전에 멈춰 있었다. 소대장 이 중위는 아직 보이지 않으니, 출동 지시했는데 병사 2명과 가스통만 보내다니 책임감이 없는 그에게 실망했다.

나는 연대 K 중대장에게 탄통을 메고 들어가자고 했더니 흔쾌히 승낙했다. 각각 탄통을 밀면서 20m 정도 들어가니 공포심에, 아니 더 가면 위험하니 멈추고, 탄통 2발을 설치했다. 전선을 풀어 10m 정도 뒤로 나와 끈을 당겨 폭파했다. 120발(1통 60발)이 동시 발사된 최루가스 장단도 절반 가까이 오염시켰다. 보병이 일제히 진입했으나 방독면을 착용하지 못해 눈물이 따갑고, 가스 때문에 다시 나오고 30분 후 재진입했지만 이미 최루성은 바람에 날아가 효험이 없었다. 무장간첩은 다른 지역으로 이동했다면 아무런 피해가 없지 않은가. 만약에 방독면을 착용했더라면 바로 진입하여 사살이나 생포할 기회였는데 놓치고 말았다.

벌써 시간은 오후 4시. 어두워지기 전에 무장간첩을 섬멸해야 하는 절박함을… 지휘부는 고심 끝에 대포(포병) 발사로 간첩을 몰살시키려 했으나 아군을 피해 우려해서 취소됐고 보병의 정밀 수색에도 피해가 발생 할 수 있어 작전이 어려운 상태였다. 그 대안으로 출동 대기 중이던 APC 장갑차를 앞세워 섬멸하도록 지시 전달되었다. 먼저 3대가 앞장서 수색하던 중 1대가 화재가 발생했고, 일부는 탈출했으나 약간의 피해가 발생했다. 더 가지 못 하고 30분 정도 시간이 지난 듯싶다. 어둡기 전에 작전을 끝내야 하는데 지휘부는 고심했다. 다시 장갑차를 앞세워 적 예상 지역으로 진격했다. 그중 1대가 무차별 사격을 하면서 돌진했고 갈대숲을 누벼 적 간첩은 노출되었다. 장갑차의 집중 사격으로 3명이 사살됨으로써 어둠이 깃들기 전 5시 전후에 작전은 끝났다.

비록 3명을 사살했으나 장갑차 1대가 화재가 발생하고 아군 사상자가 발생했으니 아픈 기억이 아닐 수 없다.

그 후 갈대숲은 완전히 제거되어 더는 무장간첩들의 아지트가 없어져 장단반도에 평화가 깃들고 오늘도 임진강은 평화롭게 흐르고 있다.

아픈 상처를 딛고 CEO가 되다

1973년경, 그동안 전방에서만 군 생활을 하다가 오랜만에 후방부대 전교사로 발령을 받았다. 광주 월산동에 집을 구하려 했으나 마땅치 않았다. 1년 월세 돈이 없어서 며칠간 방을 구하지 못 하고 헤매다가 겨우 값싼 비탈진 산길 판자촌에 집을 구했다. 뒤에는 10m 돌담이 있어서 무너질 염려가 있고, 앞에는 집 공간이 없어서 다니기에 불편하기 짝이 없었다. 부엌에는 공간이 없어서 문을 열면 바로 연탄 아궁이다.

당시 여러 곳에서 축대붕괴 사건이 발생한 적이 있어서 비만 오면 축대만 바라보며 불안했던 심정은 형언할 수 없다. 삼 남매 자식 중 큰아들은 초등학교 1학년이라 같이 있고, 딸은 시골 장성 어머니 집에 보냈다. 어린 막내아들은 4살이라 같이 살았고, 방은 비좁기 그지없었다.

어느 추운 겨울이었다. 퇴근하여 뒷문(부엌문)에 도착하니 막내 아들이 "아빠!" 하면서 문을 열고 나오다가 그만 뜨거운 솥으로 두발이 들어가고 말았다. 겨울에는 연탄불에 항상 솥에 물을 끓이고 사용하는 것이 보편적이었다. 당황한 나는 신속하게 아들을 꺼내 방으로 들어가 옷을 벗겼다. 다리 살점에 옷이 붙어 너풀댔다. 그냥 발목에 붙은 살점을 뜯어내고 말았다. 가장 추운 12월이라 털옷을 입고 있었다. 살이 익어 붙는 것을 벗기다니 무지했다. 찬물로 씻어내고 소주가 좋다는 생각이 나서 찬 소주로 밤새도록 다리를 담겼다. 며칠간 소주와 찬물로 반복해도 별 효과가 없었다. 시골 할머니께서 소똥을 바르라고 해서 가져와 그걸 발랐다.

하루가 지나니 상처가 악화되었다. 피고름이 났고 오른쪽 다리 무릎 안쪽이 굳어버려서 걷기도 힘든 상태가 되었다. 걸으면 아팠고 굳은살이 갈라져 피가 나왔다. 왼쪽 다리는 어느 정도 좋아졌으나 화상이 심한 오른쪽 다리는 살이 익어 물렁거렸고 뼈가 보일 정도였다. 마음 아픈 심정은 이루 형언할 수 없었다.

돈이란 무엇인가? 좀 더 여유가 있었다면 보다 나은 대학 병원에 갔을 것이고, 그러면 충분히 치료가 가능했는데….

당시 육군 대위였고, 매년 인사이동을 했고, 화학학교 교육을 받으려고 생활 형편이 어려운 시기였다. 지금은 직업군인 모두 기숙사나 주택이 제공되니 과거보다 행복한 시대라 할 수 있다. 생활 형편이 어려워 민간병원에 갈 여유와 여력이 없었으니 지금 생각하면 후회된다. 광주국군통합병원에 치료차 갔으나 담당 군의관은 별 치료 없이 소독약만 바르고 화만 내는 것이었다. 전교사 군수처에 근무 중인 선배에게 부탁하여 광주국군병원 군수장교의 도움으로 일반외과에서 치료할 수 있었다. 담당 군의관(소령)은 친절하게 진료해주고 거즈로 소독하는 등 며칠간 치료하며 외부 화상 치료가 되었으나 아들은 그때 상처로 굳어버린 무릎 안쪽으로 걷기도 뛰어가기도 아프다. 상처가 나 있어서 항상 연고를 바르고 다니며 여름에도 평생 긴 바지만 입고 다닌다.

아들은 화상의 아픔을 딛고 고등학교를 졸업한 후 30대에 중견업체 상무까지 되었다. 새로운 도약을 위해 퇴직 후 2015년에는 ㈜엔지엘(NGL) 기업을 설립하였다. 초기에 자금난에 시달려 "아버지, 조금만 도와주세요." 하는 문자를 여러 차례 받았지만, 집 담보로 융자도 되지 않아 도움을 주지 못했다. 2018년 11월, 내가 병원에 입원해 있을 당시 아들은 바쁜 업무를 제쳐놓고 매일 문병도 오고 병원비도 계산하는 등 효자 노릇을 하니 항상 화상을 제대로 치료해주지 못해 미안한 마음이 그지없다. 아들이 설립한 (주)엔지엘은 공간 정보 분야의 스타트업 기업이다. 차세대 디지털 공간정보 구축을 목표로 국내 최고의 기술로서 4차 산업혁명에 도전하고 있어 자랑스럽다.

"국내 최고 기술자들로 '드론 측량' 두각 드러낼 것"

드론 이용한 공간정보 구축 뛰어든 (주)엔지엘 백충종 대표

조영관 기자 | 기사입력 2019/02/22 [15:51]

국토지리정보원 '드론 품셈·기술개발' 연구사업 수행
항측사 거친 기술자들 설립… '드론 공간정보' 주력

▲ 백충종 대표는 "연구사업이 경험이 많이 되는 만큼 드론 관련 실증사업이나 연구사업에 꾸준히 참여할 것"이라며 "향후 국가기본도 구축 사업 참여를 위해 사업에서 안전과 정확도를 높이는 방향에 초점을 맞출 것"이라고 말한다. ⓒ 조영관 기자

연대장님의 배려

우리는 세상(世相)을 살아가면서 이해(理解)와 배려심(配慮心)을 강조(强調)한다. 배려(配慮)란 말은 쉬워도 행동(行動)하기에는 어려운 면도 있다.

앞을 볼 수 없는 시각장애인 한 사람이 물동이를 머리에 이고, 손에는 등불을 들고 우물가에서 집으로 돌아오는 중이었다.

그때 그와 마주친 마을 사람이 그에게 말했다.

"정말 어리석은 사람이군! 자신은 앞을 보지도 못하면서 등불은 왜 들고 다녀?"

시각장애인이 대답했다.

"이 등불은 나를 위한 것이 아니라, 당신을 위한 것이지요. 당신이 나와 부딪히지 않게 하려고요." (바바하리다스의 산다는 것과 죽는다는 것 중에서)

그동안 나는 서부전선(西部戰線)에서 근무 교육을 마치고 화천 지역 전방 연대 화학장교(化學將校)로 근무(勤務)하게 되었다. 화천군 사방 거리에 방 하나 구했으나 여름에는 비가 새고 벌레가 다니는 누추한 생활이었다. 전방 연대에서 일주일 중 주말에만 집에 갈 수 있었다.

어느덧 가을이 가고 6개월이 지난 후 후방 연대로 오게 되어 노동리 부대 근방에 방을 얻었으나 전깃불은 발전기라 약하고 자주 단전되기 일쑤이며 시골집 환경(環境)이라 열악하기 그지없었다. 나는 몸이 아파서 10여 일 만에 출근, 연대장님과 이런저런 대화(對話) 중에 그간 아팠던 것에 대해서 그 사유를 설명해 드렸다.

이곳에 이사 오니 냇가에 외딴집인지라 땔감이 필요했다. 아주 추운 날 방이 너무 추워 톱질을 하러 낫을 들고 산에 올라가 소나무 가지 큰 두 묶음을 베어 집에서 불을 때니 연기는 자욱했지만 그래도 방은 따뜻했으니 좋았다. 하지만 눈 속에 가린 옻나무를 베었으니 온몸이 가렵고 진물이 나고 옷을 다 벗고 이불로 가리고 앓고 있었는데 부대에서 병사가 왔다. 사실대로 작전 주임에게 보고했기에 나를 연대장님이 부르게 된 것을 알게 되었다. 내 사연을 알게 된 연대장님은 그다음 날 트럭 한 대로 땔감으로 쓸 참나무를 보내 주었다. 겨울도 2~3개월 지나니 나무도 떨어지고 살던 집은 헐린다고 하니 할 수 없이 부대 정문 바로 앞 작은방을 겨우 구할 수 있었지만, 그곳도 연탄집은 아니다. 또다시 연대장님은 차 한 대의 장작 나무를 보내 주었다. 주말에 외출한 병사가 귀대 길에 혼자 장작 패는 모습을 보고 도움을 주었다.

사실 나는 옻에 대해 얼마나 민감한지 옆에 지나가기만 해도 옻을 옮았다. 어렸을 적에는 옷을 벗고 다녔고 참나무 연기에 쏘이고 닭 피를 바르니 보통 보름이 지나야 치료가 되었으니 그 고통이란 이루 형언할 수 없었다. 그 후로 옻에 대해 저항력이 생겼는지 지금은 옻닭을 먹어도 옻 잎이 스쳐도 괜찮다. 연대장님의 배려로 그해 겨울을 따뜻하게 지냈다. 작전 지역 순시에는 부대 임무 수행에 최선을 다하게 되었다. 그 후 자주 연대장님을 수행하며 업무를 하게 되었다. 항상 연대장님의 따뜻한 마음과 배려심을 잊을 수 없다.

언젠가 찾아뵙고 싶었지만, 당시(1972~1973년)로부터 수십 년이 지나 지금에 와서 어디에 계신지 알 수가 없다. 따뜻한 연대장님의 부하 사랑과 나에 대한 배려심, 그 고마움을 평생 잊을 수가 없다.

가짜 군인

어느 날 오후였다. 내가 사는 여인숙에 젊은 아가씨가 찾아왔다. 주인아줌마가 "이곳에 군인 아저씨 사세요?" 물었다. 아니 어떤 분을 말하는 것인지? "군복 입고 다니는 장교 군인이요."

나는 교육을 받기 위해 1972년도 5월경 부산에 왔다. 당시 화학 학교는 개금동에 있었다. 토요일에 도착한 우리 가족은 개금동에 방을 못 구하고 가야동(서면 로터리 부근)까지 걸어갔다. 마땅한 셋방은 없었다. 아니 보증금 돈이 부족했다고 할까⋯. 할 수 없이 작은 여인숙에서 하룻밤을 지냈다. "혹시 이 근처에 셋방 없어요?", "우리 집에 빈방이 하나 있는데⋯.", "그래요?" 여인숙집 하천 옆의 작은방이다. 부엌도 없고 우리 4식구가(아들 2명) 살기에 좁은 방이나 갈 곳 없는 나로서는 그 방을 사용하기로 했다.

일주일 정도 지나니 머리가 아프다. 조그마한 창문을 열면 냄새가 진동한다. 얼마 후 막내아들(당시 2살)이 늦은 밤 숨이 넘어갈 듯 몸부림치고 두 눈이 하얗게 변했다. 어쩔 줄 몰라 하다가 집사람은 손에 바늘을 찔러 피가 흐르도록 했다. 어느덧 밤 12시가 지났고 아들이 밤새도록 살아 있기를 염원했다. 다행히 아직 숨을 쉬자 나는 학교에 출근했고 가족은 온 동네를 헤매다가 겨우 작은 병원을 발견해서 주사를 맞고 약을 먹으니 진정이 되었다고 한다. 우린 이 협소하고 작은방에서 심한 두통과 하천 썩은 악취 때문에 생활할 수 없어 방을 비우겠다고 했다. 그럼 여인숙 방을 하나 쓰는 게 어떨지, 이곳도 방이 좁아 협소하고 부엌도 없으나 마땅히 갈 곳이 없어 그럼 그렇게 하겠다고 했다. 당일 방을 옮기고 여인숙 방에서 생활하게 되었다.

여인숙 생활 1개월이 지날 무렵이었다. "당신네 여인숙에 가짜 군인이 숙박 하는 것 같아요.", "뭐라고?", "군복을 입고 다니는데 좀 어설퍼 보여. 그럼 계급은 대위? 그럼 나하고 같단 말인가?" 3번 정도 봤는데 출퇴근이 일정치 않단다. 아침 늦게 9시 이후 나가고 밤에는 늦게 온다는데 정체가 무언지 알 수 없다고 해야 하나? 그런 내가 한번 만나봐야 하는데 서로 출퇴근이 다른지 한 번도 조우하지 못했다.

벌써 여인숙을 찾은 지 2개월이 지날 무렵 어떤 아가씨가 여인숙에 찾아왔다. 주인아줌마를 보고 "혹시 이곳에 군인 아저씨 하숙 한 사람 있어요?" 물었다. 아주머니는 "한 사람은 가족이 있고 정복 입고 아침 7시에 출근하고, 혼자 잠만 자는 젊은 군인이 있었는데 보름 전부터 통 보이질 않아."라고 말했다. 아가씨는 "그래요? 혼자 사는 군인 어떤 모습이에요?" 물었다. "보통 키에 날씬하고 계급은 대위이고…. 그런데 복장이 어색해 보이고, 아침 늦게 나가고, 밤에 10시 지나서 늦게 오는 것 같은데 도대체 그 정체가 무언지 알 수 없어." 아주머니의 말을 듣고 아가씨는 "그래요? 나 사기당했네. 아무래도 이상했지만, 장교라 믿었는데 난 어떡하면 좋아…." 말하더니 갑자기 울기 시작했다. "아가씨 침착하게 얘기해요." 하니 "네, 그를 만난 건 토요일 오후였어요. 고향집에 가기 위해 부산발 서울행 열차를 탔는데 옆자리에 군인이 탔어요. 계급은 대위였어요. 좀 어설픈 행색이나 호기심이 있었다고 할까? 아가씨 어디 가세요? 하고 묻길래 저는 경북 K시 간다고 했죠. 무슨 일로 가냐고 물어서 직장이 부산인데 토요일 근무 마치고 부모님 집으로 가는 길이라고 했어요. 자신도 그 근방 조금 떨어진 곳에 고향집에 가는 길인데 같은 고향 사람을 만나니 반갑다고 했어요. 이런저런 대화를 하다 보니 가까워졌고, 토요일이면 같은 열차를 타고 다니기도 했지요. 자꾸 만나다 보니 너무 가까운 사이가 되었다고 할까? 서로 만난 지 2개월 정도 지날 무렵, 급한 일이 생겨 돈 좀 빌려주면 안 될까? 물었어요. 얼마나 필요하냐고 물으니 100만 원이라고 했어요. 그 많은 돈이 어디 있냐고 했어요. 사실은 부대에서 사고가 나서 변상하지 않으면 처벌받게 생겼다고 했어요. 그 많은 돈이 어디 있냐고 했는데, 바로 갚겠다고 사정하는 거예요. 이런저런 고민 하다가 그동안 직장 생활 하면서 모은 돈이랑 부모님과 친구들에게 빌려서 그 돈을 마련해 주었어요. 고맙다면서 이른 시일 내에 꼭 갚겠다고 했는데, 그날 헤어진 후 지금까지 행방불명이에요. 그 후 그가 근무했다던 부대에 갔더니 그 군인이 근무한 적이 없다고 했어요. 그래서 언젠가 이 부근에서 그 남자를 닮은 사람이 버스에서 내려 골목길로 가는 걸 보고 혹시나 하고 왔어요." 말하는 것이 아닌가. 아주머니는 "그래요? 그 군인 나간 지 20여 일 되는데 그 후로 본 적이 없어."라고 하셨다. "아이고 그놈한테 속은 게 바보지. 수년간 힘들게 번 돈 날렸네. 가짜 군인에게 사기를 당하다니…." 한없이 눈물을 흘리는 그녀를 향해 "아가씨, 경찰에 신고해요!" 말했다. 축 처진 처량한 모습이었다.

눈물을 머금고 그 아가씨는 여인숙을 떠나갔다. 그 대화

내용을 듣고 '가짜 군인이라니!' 하는 생각이 들었다. 그가 나를 회피한 건가? 진짜 몰랐을까? 어쩌면 내가 두려워 일찍 떠난 것인지도….

어느덧 3개월 과정 OAC 교육을 마치고 장성 고향집에 갔다. 부모님을 뵙고 하룻밤 자고 둘째 딸(4살) 막내아들(2살)은 부모님께 맡기고, 맏아들(6살)을 데리고 1976년 8월경 최전방부대인 강원도 화천 GOP 근무지를 향해 열차를 탔다. 짐은 가방 2개였다. 평균 1년마다 근무지가 바뀌니, 마치 집시 같은 생활이었다. 창문을 바라보며 생각에 잠겼다. '세상에 가짜군인이라니….' 아니 그의 가짜 인생, 그 정체는 무엇일까?

어느덧 화천 사방거리에 도착하여 작은방을 얻고 생활하게 되었으며 주말에만 가족을 만날 수가 있었다.

그 가짜 군인이 다른 사람에게 피해 주지 않고 올바르게 살아가기를 바란다.

참 군인

1969년 3월 초였다. 해안 초소로부터 긴급 전화를 보고 받았다. "지금 간첩선과 교전 중입니다." 전화기에서 총소리가 요란하게 들렸다.

1968년 11월 중순경 군사령부에서 전화가 왔다 후방에 가겠느냐고 해서 좋다고 하니 인사발령이 났다. 사실 이곳 전방 연대 화학 장교로 온 지 불과 4개월인데 인사 발령이라니…. 그동안 업무 파악도 하고 대대 단위 순위 교육 등 열심히 하고 있었는데 후방이란 말에 좋아했는데, 그게 힘든 군생활이 될 줄이야….

부천에 있는 부대에 발령받아서 갔더니 동해안 부대 창설요원임을 알게 되었다. 일주일간 준비한 후 저녁에 군인전용열차를 타고 어딘가 가고 있었다. 아침에 도착한 곳은 강원도 북평역이었다. 1968년 3월 21일 김신조 일당의 청와대 무장공비 침투기도사건(31명), 동해안 무장공비, 간첩선 출몰 등으로 더욱 강력하게 대비하기 위해 이곳에 왔구나! 여겼다. 북평역에서 군 트럭으로 부대에 갔더니 허언 야산 위에 덜거덩 많은 천막만 설치되어 있었다.

12월 초, 엄청난 눈이 와서 무릎까지 닿을 정도라서 걷기도 벅찬 정도였다. 추위는 매섭고 지정된 천막에 짐을 풀고 잠시 휴식을 취했다. 나는 정보처 상황장교로 보직되었다. 화학 장교인데 정보처 근무라니? 상황실은 천막 1동이며 기존 선발대가 전화기, 난로, 간이 책상도 마련되어 바로 근무할 수 있었다.

우리 부대 사령관은 그 유명한 K 장군이었다. 엄격한 장군으로 알려져 그 부대에 가는 걸 좋아하는 분위기는 아니었다. 매서운 추위에 눈이 계속 쌓이고 아침마다 눈 치우기에 바빴다. 질벅거린 황톳길은 수일이 지나서야 공병대에서 자갈과 모래를 깔아 부대 길은 좋아지고 있었다. 장교, 병사가 함께 천막에서 매트리스를 깔고 군복을 착용하고 취침해도 피복에 물이 스며들 정도였으며 추위 속에 제대로 잠자기가 어려웠다. 장교식당도 마련되고 내무반도 개선되어 부대는 차츰 안정되어 갔다.

한 달이 지난 후 삼척에 외출하여 목욕탕에 갔다. 그동안 세수도 제대로 못 하고 주야간 군복을 착용하고 생활하다가 뜨거운 물에 씻으니 정말 살 것 같았다. 그런데 내복에 이가 바글거리고 있었다. 속내의는 목욕탕에 버리고 가져간 새것으로 갈아입었다. 부대는 군기가 엄격했다. 취사장 관리상태, 장병 복장 상태, 경례 등 지적받으면 헌병대로 보내 2~3일간 군인정신을 배양토록 했다. (헌병대 내에 별도 내무반에서 생활하게 한 것은 지혜로운 배려심이라 할 수 있다.) 하루는 장교식당에서 식사 도중 장교가 탈영했다고 전해 들었다. 이것은 장교들은 힘들어도 복무에 충실히 하라는 일종의 암시라 할까? 생각했다. 얼마나 힘들면 장교가 탈영하다니…. 군인은 오직 명령에 따르고 맡은 직책에 충실하는 것만이 국가에 충성이라 여긴다.

어느덧 2개월이 지나자 그토록 고대하던 영외 거주가 허용됐다. 나는 부평에 방을 얻고 가족을 오도록 했으며 안정된 생활을 할 수 있어 너무 기뻤다.

1969년 2월경 새벽 2시 5분 한 초소에서 전화벨이 울렸다. "여기 ○○초소입니다. 적 무장간첩선과 교전 중입니다." 전화기에서 총소리가 요란하게 들렸다. 무장간첩선이 상륙하다가 발각되어 총격전이 벌어진 것이다. 나는 즉각 지도 상 위치 좌표를 적고 육하원칙에 의거 2시 10분에 군사령부에 보고했다. 그리고 각 초소에 전파하고 공군 해군 연락장교 및 경찰에게 통보했다. 당시 상황실에는 정보 작전 상황 장교와 대대 연락장교 등 소위 3명이 근무 중이었다. 각 초소 유관기관 전파가 끝난 후 육군본부 청와대 상황실에 직통으로 보고했다. 10분이 지난 후 초소에서 전화가 왔다. 현재 3명 사살, 3명은 육지로 침투했다는 보고 접수 후 군사령부 보고 후 관련 기관에 신속히 전파했다.

우리 근무지는 바닷가 가까운 곳이라 매서운 바닷바람이 불어 천막 상황실 난로 1개로 항상 추운 환경이였고, 사령관 님은 바로 옆 천막이 숙소였다. 모든 전파가 완료된 후 상황판을 들고 사령관 숙소에 갔다. 2시 30분쯤인데 주무시지 않고 무언가 보고 계셨다. 무장간첩 침투에 따른 조치 상황을 자세하게 브리핑 보고를 했다. 그전에도 주요 상황은 수시로 주야간 직접 보고했기 때문에 자연스러운 분위기였다.

아침 8시경 정보 참모부에서 밤 간첩 침투사건을 브리핑하고 업무인계 후 오후에 휴식을 취했다. 상황실에서는 주야로 거동 수상자, 미상의 선박 등 수시로 보고되어 정보 상황 장교가 가장 바쁜 시간이었다. 모든 상황을 정확히 판단하고 관련 부대에 전파 및 상급 부대에 보고하기에 여념이 없었다. 사령관님의 지시에 따라 작전처에서는 예비군을 동원하고 군경 예비군 합동 작전을 개시했다. 3명이 침투한 주요 루트에 따라 수색과 봉쇄 작전을 했다. 밤에는 포위망을 유지하고 주요 지점에 잠복조를 운영하여 10여 일 전후에 있던 주민 신고와 수색 작전으로 2명을 사살하였다. 그러나 1명은 발견되지 않아 한 달 가까이 작전이 진행되었다.

각 신문사와 언론에서는 동해안 간첩 작전 실패라며 연일 비난을 했다. 나는 의아했다. 부대가 창설 된 지 얼마 안 되고 군경 예비군 산악 지대에서 힘든 작전을 하는데 격려와 위로는 없고 오직 1명에 대한 작전 실패란 기사만 부각했다. 사실은 작전을 조기에 종료할 기회가 있었다. 사령부에서는 작전 관할 부대에 외딴 가옥 등에 편의대 영토록 하였다. 작전 개시 15일쯤 긴급 상황 보고를 받았다. 추위와 굶주림에 지친 무장간첩은 외딴 산골 가옥에 밤에 나타나 밥을 해달라고 요구했다. 주인아줌마는 밥을 해주었고 먹는 동안 골방 앞을 가리키며 있었다. 그리고 살짝 비켜주었다.

골방 안에는 편의대 중사가 있었기 때문이다. 문구멍으로 보니 간첩은 누추하고 2발의 수류탄을 휴대하였고 총기도 갖고 있었다. 그는 한편 무섭고 공포심에 용기를 내지 않았고 어쩌면 두려움 때문에 행동을 망설이게 했다. 무장간첩은 식사를 마친 후 바로 나왔으나 산속으로 도망갔다. 총을 발사했으나 놓치고 말았다. 총알을 맞은 듯 피가 주변에 발견되어 부상된 것으로 여겼다. 그 후 전반적인 수색 작전을 전개했으나 발견하지 못하고 여러 정황상 월북으로 판단되어 작전은 종료되었다. 좀 더 용기 내서 과감하게 행동했다면 사살하여 영웅이 되고 군인으로서 최대의 참 군인으로서 길이 빛날 수 있었는데…. 미숙한 대처로 그의 군 생활은 실추된 오명을 남겼다. 신문 언론 등에서는 여전히 작전 실패란 기사가 연일 계속되었다. 작전은 종료되었지만 상급 부대 감사가 기다리고 있었으니….

2군, 육군 감찰이 연이어 시작되었고 제일 먼저 정보 상황장교였던 나에게 진술서를 작성토록 했고 주요 조치 상황을 적도록 했다. 내가 접수한 시간, 상급 기관에 보고하고 각 초소에 전파한 시간, 대대 연락장교와 경찰과 해군과 공군 연락관에게 통보한 시간을 수 페이지에 자세히 기록해 제출했다. 작성은 책상에서 감사관 지켜보는 데서 작성했다. 감사관의 추가적인 질문에 응하였고 상황일지를 복사하고 조치에 대한 관련 부대에 확인하기에 나섰다. 며칠 후 육본 감찰관이 2군에 보고 시간 2시 10분 아니고 2시 8분이라 했으며 감찰관 확인 결과 내 진술 내용이 확인 결과 일치했다며 수고했다는 격려까지 해주어 마음이 편했다. 특히 2군 상황장교가 접수 시간을 2분이나 빠르게 해주어 고마워했다. (나는 통화 끝난 시간, 2군은 접수시간 차이가 아닐까?) 이어서 보안대 감사가 있었으나 똑같은 진술서를 쓰고 간단히 확인하는 차원에서 수월하게 끝났다. 감사를 한 사람들이 내가 조치상황(시간) 등 확인 결과 전파는 정확 신속했다고 알려주었다. 내 기억이 정확함을 알 수 있었다.

일주일 이상 감사에 시달려 지쳐있었고 야간근무 주간 감사에 몸은 피로에 지쳐있었다. 일주일간 감사가 끝나자 이번에는 중정부에서 조사하러 왔다. 마주 앉아 사건 경위, 조치, 상황 등 진술서를 쓰도록 했으며 질문 응답이었다. 감사관은 사복 차림이었다. 당시 춘천지역 파견 대장(소령)이라 들었다. 질문과정에서 수차례 다리 부분을 구둣발로 차 시키면 멍이 들 정도였다. 똑같은 조사가 지금 몇 번째인가…. 더 진술 내용이 없다고 우겨댔다. "해군 연락장교한테 연락해서 오라고 해!", "김 소령님 중정부 조사받고 있는데 빨리 오라고 합니다!" 오지 않자 다시 연락했다. "갈 수 없다 하게. 지

금 조사가 몇 번째야. 몸이 지쳐 난 갈 수 없다고…." 조사관
이 화난 심정을 전하자 마음대로 하라면서 전화는 끊었다.
어쩐지 조사관은 더 말하지 않았다. 소위인 나로서는 상상
할 수 없는 일이지만 해군 장교의 행동에 속으로 동감했다.

감사가 끝나자 이름 명패를 들고 사진 촬영하는 죄수들
이 명패 들고 사진 찍는 모습을 본 적이 있기에 우리가 죄
수인가 열심히 근무한 장교들에게 모욕감을 주었다. 너무
불쾌해 마음의 상처가 되었다. 10여 일이 지나 모든 감사는
끝나고 1개월이 지난 후 부대 경고 후 마무리되고 그 후 사
령관님의 표창장을 받아 마음의 상처도 지워졌다.

1969년 4월 1일 중위로 진급되어 너무 기뻤다. 그동안 부
대 창설과 간첩 침투사건 등으로 힘든 시기를 보낸 참모 장
교들을 위로 차 사령부에서는 돼지를 잡고 간단한 과일과 과
자 등으로 파티를 열게 되었다. 천막 속의 초졸한 파티… 오
랜만에 고기도 먹고 함께했던 장교와 우애를 다질 수 있는
뜻깊은 시간이었다. 사령관님은 참석한 전 장교에게 일일이
술을 따라주었다. 어느덧 나의 차례가 되었다. "백 중위, 수
고 많다.", "김 대위(간호장교), 술 따라주게. 내 동생도(강 대
위)." 화학 장교라며 특별히 관심을 두고 대화를 하셨다. 그

동안 군기가 엄하고 무서워했던 사령관님이었는데, 이날은 가족과 같은 인자함을 알게 되었다.

어느 날 부평에 외출 중인데 먼 거리에서 지프차가 오고 있는데 빨간 별판이 보였다. 천천히 걸어가며 차가 가까이 오자 돌아서서 크게 "멸공!" 경례했다. 차가 정차하더니 사령관이 문을 열고 "차 타게." 했다. "사령관님, 저 업무를 보고 귀대하겠습니다.", "그래." 차는 출발했다. 사령관님의 배려에 감탄하였다. 상관에 대한 예의와 복종심(VIP 방문 시 곁에서 지켜봄), 군인으로서 충성심과 엄한 군기는 당연한데, 사령관님은 그 속에서 부하를 아끼고 배려하고 사기 진작에 힘쓰셨다. 이 나라의 진정한 참군인이셨다. 그때 사령관이신 K 장군님은 참다운 군인의 길을 걸어오신 분으로 영원히 기억할 것이다.

1년이 지난 후 1유격여단 창설 요원으로 가게 되었다. 사령부 여단 본부 건물도 완공되었다. 대부분 참모부 보좌관과 장교들이 여단 인사발령으로 큰 어려움 없이 임무 수행을 바로 할 수 있었다. 나는 작전처 화학 장교로 보직되어 기분이 좋았다.

중·고등 시절 해병대의 특이한 모자와 빨간 명찰이 너무 좋아 보였다. 그런데 열차 여행 중 베레모 얼룩무늬 복장이 너무 멋져 보였다. 해병대보다 육군을 지원하게 된 동기가 되었다. 유격여단에 소속되자 베레모와 얼룩 복장 권총, 총탄, 단검이 지급 되었다. 출퇴근 시에도 베레모와 권총과 실탄을 휴대하고 다녔으며 시민들은 베레모 군인들에게 따뜻이 대해주었다. 한마디로 멋진 군인으로 인기가 최고였다고 할까? 부대 내외서 한 번도 총기사고는 없었다.

매일 다리에 모래주머니(2㎏)를 차고 일과를 시작했다. 오전에는 태권도, 오후는 업무, 순서에 의해 유격 공수훈련을 받는 과정을 실시하였으며 대대 단위는 추가로 특전훈련을 하여 지금의 특전사 공수 특전 여단으로 개편하여 국방을 지키는 최고의 정예부대가 되었다. 본인은 화학 장교로서 화생방 교육을 대대 단위 실시하였다. 대대는 산 정상 부근에 있었다.

11월경 열차를 타고 황지역에서 내려 태백시까지 차를 타고 이동했으나 눈이 엄청 많이 와 산길은 막혀 차량이 갈 수 없었다. 산 도로를 따라 걸어가는데 20m도 갈 수 없어서 포기하고 작전과 선임하사는 직행 길로 가보자고 해서 그 길을 택했다. 거리는 짧지만, 허벅지까지 눈길이 막히고, 비탈길이라서 겨우 기다시피 산꼭대기 부대까지 2시간 정도 소요되었다. 다른 부대는 열차와 군 차량으로 순회 교육을 끝내고 별도 화생방 요원 여단에 소집되어 해안가 모래 백사장에서 화염 방사기 사격 훈련을 중점 실시하였다. 특히 화염방사기 사격장면 사진과 교육 등 상세히 기록하여 전우신문에 기고하여 대서 특별 기사가 실렸다. 화생방전 방어 중요성을 전 장병에게 인식시켰다.

아직도 장병들은 열악한 천막에서 생활하며 훈련을 한다. 빨리 막사가 완공되었으면 하는 마음이 간절하다. 2년 동안 동해안 근무를 마치고 1사단 화학 참모부 보좌관으로 발령 받았다. 여단장님께서 직접 표창장을 주시며 격려해 주었다. 사령부, 유격여단은 나에게 군인 정신을 배양하고 군인의 명예, 충성심, 희생정신을 더욱 갖게 되는 계기가 되었다.

기차를 타고 저 멀리 푸른 바다를 바라보니 눈시울이 적셔졌다. 나의 군 생활 중 자랑스럽고 보람된 근무였다고 생각된다. 1978년 8월 31일 전역 후 10월 1일부로 서울시청 공무원으로 근무하게 되어 너무 기뻤다. 특히 나에게 많은 도움과 배려해주신 이진복 선배님께 감사드립니다. 서울 시청에 근무할 당시 창설부대에서 같이 근무했던 장교를 우연히 만남과 뉴스를 보고 소식을 알았다. 사령부 정보처 보좌관(박 소령)은 5군단 참모장 시절 예비군 동원훈련장에서 만났으며 경부고속도로 휴게소에서 만났을 때 사단장 마치고 동료끼리 관광길이라고 했다. 근무 당시 나에게 너무 잘 대해준 상관이었다. 같은 동료였던 정 중위는 방송 뉴스를 보고 4성 장군까지 진급한 것을 알게 됐다. 여단 작전참모부 작전 장교(안 대위) 연대장 시절에 만났고, 교육 장교(김 대위) 부사단장 재직 시 군부대 통제 단장으로 시청 상황실에서 만날 수 있었다. 평생 군인의 길을 걸어오신 분으로 참다운 군인이며 자랑스럽고 훌륭한 분으로 길이 남을 것이다. (당시 강원채, 동경사 사령관님은 2012년 3월 대전 현충원 장군묘역에 잠들다.)

서울 이야기

추억 어린 서울의 길

어릴 적 그토록 가보고 싶었던 곳 서울이 아닌가? 처음 서울을 오게 된 사연을 생각할 때마다 지금도 항상 잊을 수가 없다.

나는 1959년 중학교를 졸업하고 고등학교에 진학하지 못하고 십 리 길 수 연산의 깊은 산골 사당에서 한문 공부를 하게 되었다. 가끔 산골짜기의 정상에 오를 때 암자에서 혼자 공부하는 고시생도 만났고, 움막을 짓고 원시적인 삶을 영위하며 끝없는 학문에 도전하는 이도 봤고, 산꼭대기 정상 아래 우거진 숲속에서 청년들이 긴 머리를 하고 학문과 무술을 수련하는 모습도 봤다. 그들을 보며, 나는 누구인가? 하며 미래에 대한 새로운 삶을 갈구하는 마음이 싹트기 시작했다.

꽃피고 새가 울며 모든 동식물이 왕성했던 봄, 여름이 지났다. 어느덧 들녘의 곡식도 추수하고 아름답던 단풍잎도 낙

엽 지는 쓸쓸함을 느끼는 11월 초인 듯싶다. 마을 사랑방에서 동네 친구들과 즐거운 이야기를 하던 중 누군가 오늘 밤 신 선생님 댁에 제삿날이니 단자를 가자고 했다. 여러 친구와 같이 그 집에 가서 "단자요." 크게 말하며 대바구니를 놓고 나왔다. 얼마 후 그 집에 갔을 때, "이놈들아 무슨 단자야! 단자란 없으니 빨리 가지 못해?" 외고집이신 신 선생님 아버님의 꾸지람이 계속되고 있을 때 이웃집 나의 아버님이 듣고 "이놈들아 그 집에 뭐 하러 갔느냐?" 불호령 같은 아버님의 호통에 혼비백산하여 무한정 어디론가 어두운 밤길을 뛰어갔었다.

논밭 길을 정처 없이 달리던 나는 마을 앞 1km 신작로 길에서 멈추었다. 마을의 불빛도 하나둘 꺼져가고 어느덧 시간은 자정이 지난 후였다. 도로변의 주막집 주인아저씨께 사정을 얘기하고 그곳에서 하룻밤을 지냈다. 어른들의 화투 놀이로 뜬눈으로 밤을 새우고 동이 틀 무렵 버스를 타고 장성역으로 가고 있었다.

나는 지금 어디로 가고 있는가? 무거운 발걸음 속에 집에 갈 수 없을 바에야 그토록 동경했던 서울로 가자. 이른 아침 서울행 완행열차를 탔지만, 주머니에는 500원만 있었다. 열차가 이리역에 이를 무렵 차장에게 무임승차로 적발되어 뺨을 맞고 강제로 역에서 내리고 말았다. 다시 집으로 갈까 생각도 했으나 기왕 마음먹었으니 서울로 가자 밖에는…. 겨울을 재촉하는 보슬비가 계속 내리고 있었고, 서울 방향의 철길을 따라 2시간 정도 걸어가니 황등역에 이르게 되었다. 돌로 유명한 황등역 주변에는 예술 작품을 만들기 위해 열심히 일하는 석공들의 모습이 보였다. 오후 2시가 지나니 아침과 점심까지 두 끼를 굶어 배고파서 고구마 2개를 100원에 사 먹고 무한정 철길을 따라 서울로 갈 것인가 했다.

서울행 완행열차가 역에 도착하자 재빨리 올라탔다. 열차 승객이 너무 많아 움직일 수 없어 선반에 올라가 한숨 자고 내려와 있었다. 평택역을 지날 무렵 차장에게 무임승차로 적발되어 수원역에서 강제로 내리고 말았다. 열차가 기적을 울리며 출발하자 재빨리 뒤쪽 객차에 다시 올라탔다. 도착 되었으나 출구로 나갈 수가 없어 망설이다가 줄을 서서 나가던 중 검표원이 차표를 보자고 하길래 재빨리 뛰어나가자 "거기서!" 하는 검표원의 외침이 들렸지 계속 달려갔다.

'서울…. 그토록 꿈에 그리워 동경하던 서울…. 지금 내가 서울역 광장에 있다니….' 어둠이 깃든 서울역 밤거리 빌딩,

옥상의 휘황찬란한 네온사인 불빛, 수많은 자동차, 땡땡거리며 달리는 전차까지 보았다. 왕십리에는 고숙이 연탄 가게를 하며 살고 계신다는 것만 알고 주소도 모르는 상태에서 전차를 타고 하왕십리에서 내려 밤비를 맞으며 골목길을 누비면서 연탄 가게의 문표를 보면서 헤매고 다녔다. 어느덧 통금 시간이 임박할 무렵 자그마한 연탄 가게를 발견했다. 그곳이 고숙이 살던 집이 아닌가? 그때의 반가움과 기쁨은 이루 형언할 수 없다. 저녁 식사를 하며 취직하기 위해 상경했다며 일자리를 고숙에게 부탁했다.

매일 길거리를 걷기도 하고 전차를 타고 종점까지 왕복으로 시내를 구경하곤 했다. 동경하던 서울이지만 청계천 주변 판잣집은 지저분하고 하천물은 썩은 내가 진동하는 등, 내가 그리워하던 서울의 모습이 아니었다. 중학교 나오고 나이 어린 내가 갈 곳이 없어 그렇다고 무한정 이곳에 머무를 수 없어 집에 가겠다고 하니 운동화와 내복 1벌을 주셨다. 지금의 종묘 길을 가다가 고향의 아저씨를 만났다. 군 제대하고 서울에 있는 동생을 만났고 고향으로 간다고 하며 무척 반가웠다.

나는 서울역으로 갔으나 차비가 없어 방황하다가 우연히 고향 선배(김수만)를 만나게 되었다. 사실 난 차비가 없다고 하니 차비를 부담해주어 고마운 마음을 지금도 잊지 않고 있다. 서울에서 고향 사람을 만나다니 나에겐 행운이 아닌가. 귀향의 열차를 타고 가는 길, 석양 무렵 장성역에 닿았다. 집에 가지 못하고 발길은 마을 뒷산으로 향했다. 무서운 아버님, 얼마나 혼날까? 생각이 들었다. 낙엽을 밟으며 가을 정취와 낭만을 느끼기에는 산 짐승들의 울음소리에 밤이 무섭고 배고픔 속에 더 있을 수가 없어서 새벽녘이 되어 돌담을 넘어 집에 갔고, 부모님은 따뜻이 맞이해주셨다.

서울의 화려한 면모와 청계천의 어두운 단면을 본 뒤 동경의 마음은 사라졌고, 다시 산속 서당에 다녔다. 이듬해 고교에 진학하며 나의 인생관에 변화가 시작되었다. 졸업 후 군에 지원 입대하였다. 14년간의 군 생활 중 휴가 때마다 서울의 남산, 고궁, 시내 야경을 구경하며 사색의 시간을 보냈다.

1978년 8월, 전역 후 서울시 공무원으로 서울에 정착하게 되었으며 어언 20년의 세월이 지난 지금도 가끔 남산에 오를 때면 변화하는 서울의 모습을 보면서 지난날을 추억한다. 어린 날 마주했던 서울의 길을 생각하며 오늘도 서울의 길을 걸어가고 있다.

군 생활 마치고 서울에 정착하다

1978년 8월 31일. 14년간의 군 생활을 마감하고 사회인이 되었다. 나는 이젠 무엇을 할 것인가. 퇴직금 300만 원으로 조그마한 구멍가게부터 시작하자. 경험을 쌓아 큰 사업가가 되고 싶었다. 조그만 식품 가게를 200만 원에 계약하고, 방 한 칸에 다섯 식구가 살며 생활해 나갔다. 군에 있을 때 작은 집을 사놓았지만, 융자금, 전세금 400만 원(집 구매가 500만 원) 때문에 계속 수년간 방 한 칸 셋방 생활을 하였고 지금도 마찬가지다. 그동안 시골 부모님에게 식량 등 도움을 받았으나 생활의 어려움 있었고, 진급 할 수 있는 기회를 버리고 전역한 것은 애들 교육 문제 때문이었다. 화학병과 1년마다 반복되는 전입 및 전출이었고 큰 애는 초등학교를 7번이나 전학하면서 학교에 다녔다.

1978년 10월 1일에 서울시청 공무원 임용 통보를 받고 고향집에서 귀경하였다. 첫 발령지는 천호 출장소(강동)였다. 또

다시 공무원으로 공직생활 할 수 있음은 나의 희망이요 행운이 아닌가! 당시 봉급 10만 원이 안 되었다. 다섯 식구가 살기엔 부족한 금액이다. 계획대로 구멍가게는 하루도 쉬지 않고 퇴근 후 시간과 공휴일에 매달려 가계를 도왔다. 하루 잠잔 시간은 불과 5시간 정도였다. 1970년대 후반 중동특수에 힘입어 매출도 상승하여 피곤한 줄 모르고 열심히 일했다. 동네에서 나를 통장으로 위촉하겠다고 찾아왔다. 그때서야 직장이 있음을 알렸다.

어느덧 가게를 시작한 지 15개월이 지났을 때다. 어느 날 주류 공급 업체 차량에서 술 박스를 내리고 길을 건너가는 중에 버스 앞면에 정면충돌했다. 치아 3개가 부러지고, 이마가 찢어지고, 얼굴과 팔과 다리에 상처가 나는 등, 나는 그냥 쓰러지고 말았다. 분명 버스 앞면에서 충돌했는데 어쩐 일인지 내가 넘어진 것은 버스 후면이었다. 불행 중 다행이었다. 바로 쓰러졌다면 즉사인데 옆으로 밀리면서 한 바퀴 돌면서 넘어진 것이 다행이었다. 가게 앞 작은 병원에서 지혈 등 응급처치를 하고 이마를 수술하고 중간병원으로 후송되었다.

온몸이 떨리면서 산 건지 죽은 건지 싶었다. 머리가 떨어져 나간 느낌이고 말은 나오지 않고 고통은 계속되었다. 병원에서 이마를 다시 수술했다. 아픈 상처 부위도 치료했으나 온몸이 붓기 시작했고 고통은 이루 말할 수 없을 정도였다. 이틀 후 버스 기사와 경찰이 왔다. 합의각서를 보여줬다. 모든 것이 내 잘못이니 버스 기사에게 선처를 바란다고 했다. 경찰은 내 손을 잡고 합의서에 인증을 찍었다. 그 후 버스 측에서 한 번도 오지 않았다. 다음날 직장에서 위문을 왔다. 온몸이 부어있고, 상처투성이여서 대화할 수 없고 듣기만 하는 상태의 모습을 보고 돌아갔다. 처남과 병원장의 대화 내용을 듣게 되었다. 현재로선 가망이 없고 이곳에서 더 치료가 안 되니 큰 병원으로 이송해야 한다는 내용이었다. '아, 나 지금 죽을 수도 있는 거구나…'

불안과 공포심이 엄습한 상태에서 당일 긴급하게 경희의료원으로 후송되었다. 상처 부위를 다시 꿰매고 온종일 X-ray 촬영 검사를 했다. 내부는 별다른 문제가 없고 외상과 두통 치료에 집중하면 된다고 했다. 일주일이 지나니 부기가 빠지고 대화도 가능했지만, 두통의 통증이 이루 말할 수 없었다. 내 병실은 2인실이었다. 옆에는 7살 정도 되는 어린이가 입원해 있었는데 택시 기사가 매일 오시다시피 방문하며 아이에게 먹을 것도 주고 따뜻한 대화도 하면서 지내는 것을 보았다. 저토록 선하고 착한 기사님이 있다니 싶었다. 나는 혼수상태에서 합의해서 그런지 한 번도 버스 기사나 관계자는 오지 않았다.

입원을 한 달 이상은 답답해서 있을 수가 없었다. 직장 출근도 해야 해서 퇴원을 했지만, 교통사고 후유증으로 머리두통은 오랜 기간(25년 정도) 동안 계속되었다. 가게는 더 할 수 없어 정리하고 10년간 월세 생활도 마감하고 장만했던 집으로 이사해 생활의 안식처로서 기쁨은 형언할 수 없다.

아름다운 마음이 한 생명의 삶을…

　나는 휴가 때면 고향을 다녀왔다. 항상 휴가철이면 고향을 지키시는 노부모님을 뵙고 고향의 향수와 조상의 성묘를 하기 위함이었다. 고향은 항상 나를 반갑게 맞아주지만 그리운 친구들은 객지로 흩어지고 노인들만이 고향을 지키고 있었다. 하루는 동생과 두 누나와 같이 전북 신태인에 사는 사촌 동생을 30년 만에 만나 점심을 같이하고 변산반도 격포 해수욕장에서 십 년만에 바닷가를 구경하였다. 어릴 적 그렇게나 동경하던 저 끝없는 바다를 바라보는 우리 가족의 마음은 즐거움보다는 착착한 마음이 그지없었다. 출가한 여동생(당시 44세)이 병원에 입원하고 있음을 알았기 때문이다.

　짧았던 4일간을 고향에서 보내고 귀경 시 아버님과 누나와 같이 천안에 있는 단국대학교병원으로 병문안을 갔었다. 동생을 본 순간 모두 놀랐다. 머리카락과 눈썹은 빠져있고, 얼굴은 무슨 말을 해야 할지 눈시울이 적셨다. 모두가 마스크를 쓰고 바라봤다. 우리 모두의 마음은 얼마나 아팠는지 모른다. "아버지, 오빠, 언니, 저는 이젠 죽어요. 삶의 희망이 없어요." 동생은 한없이 울었다. 아니 우리 모두 울었다.

동생이 입원한 사연은 처음에는 다리가 아파서 관절염으로 생각되어 대수롭지 않게 여겼다. 정밀 진단 결과 두 곳의 종합병원에서 백혈병으로 판명되어 속히 입원해야 하는 처지였다. 그러나 병원에서는 먼저 입원하기 위해 항상 수혈할 수 있는 O형으로서 항상 곁에 대기해야만 가능했다.

광주에 있는 남동생이 혼자 귀경하여 수소문했으나 객지인 천안에서 환자를 위해 대기해 줄 수 있는 사람도 없었고 아니 그런 사람을 찾기가 어려워 찾지 못했다. 동생의 남편은 중풍으로 쓰러져 아무런 역할도 할 수 없었다. 그러나 그에겐 기적 같은 희망이 있었다. 여동생 친구가 군인과 결혼하여 살고 있었는데 우연히 이 소식을 듣고 남편에게 부탁한 것이다. 그 군인은 부대장에게 딱한 사연을 알리게 되어 천안 소재 모 병참 부대장은 50여 명의 O형 병사들이 혈액 검사를 했다. 그래서 항상 영내에 대기하여 환자가 필요시에는 1시간 이내에 3명이 즉각 병원에 갈 수 있도록 주야로 조치해 줌으로써 동생은 병원에 입원하게 되었다.

백혈병은 끝없는 항생제와 수혈을 해야만 삶을 연장 할 수 있다지만 앞으로 몇 년이나 기적 같은 치료가 가능할지는 모른다. "내 동생 인숙아, 희망을 품고 살자! 지금은 훌륭한 의료진과 좋은 약이 있으니 너는 살 거야! 꼭 살겠다는 용기와 희망이 너의 병을 완치시킬 수 있지 않니…. 그리고 돈 같은 건 걱정 마라. 우리 형제, 우리 가족 모두가 너를 살리고 말거다. 너의 곁엔 항상 50여 명의 장병이 너를 생명을 지키고 있단다." 병실을 나서는 우리 모두 눈물을 흘렸다. 우리 곁에 언제까지 슬픔이 있어야 하나…. 창가에서 손 흔드는 동생을 멀리하며 떠나는 발걸음은 무거웠다.

이글을 통하여 천안 소재 병참 부대장님과 장병 여러분께 감사드린다.

[1990년 8월 31일 『서울시보』에 실었던 글을 재구성했습니다.]

비극으로 끝나다

천안 단국대 병원에서 암 투병 중인 동생은 1년 지난 후 퇴원 소식을 듣고 공성환 자택으로 갔다. 이른 봄 집 앞 양지바른 곳에 남편이 앉아있고 무심히 쳐다보는 게 멍청해 보였다. 동생을 보고 반가웠다. 거동 상태는 좋아 보였으나 완쾌된 것은 아니다. 어려운 생활고와 남편의 병환 때문에 퇴원을 결정하고 외래진료를 받기로 했다고 한다. 그에게 중고생 자녀가 있어 돌봐야 했고 또한 남편은 중풍 환자로 반신불수가 되어 있었다. 엎친 데 겹친 상태의 불운이 계속되고 있었으니 딱하기 그지없었다. 환자가 환자를 돌보다니….

도움을 주지 못함을 안타까운 심정으로 집으로 돌아오면서 눈시울을 적시며 삶은 무엇이며 아직 젊은 나이인데 고통을 주는가? 기적이 일어나 병이 완쾌하기를 간절히 바랐다.

그 후 몇 달이 지난 후 비보를 듣고 다시 달려갔다. 누가 돌볼 수 없는 남편은 농약을 먹고 자살하고 말았다. "얘야, 농약 같은 독성 약품 관리를 잘했어야지 뭐한 거냐?" 동생 또한 환자인지라 더 추궁할 수 없었다. 남편이 죽고 난 후 6개월 후 암(골수암)이 악화하여 2년간의 투병 생활을 극복하지 못하고 끝내 숨졌다니…. 하늘도 무심하지 않은가 (1993년 4월, 당시 40대)

이른 새벽, 차를 몰고 자택으로 갔으나 이미 장지로 출발했다고 한다. 마침 동네 분이 트럭으로 장지인 아산까지 태워줘 마지막 묻힌 묘를 보았다. 양지바른 곳에 그는 남편 곁에 나란히 묻혔다. 40대 젊은 나이에 이 세상을 영원히 하직하다니…. 도저히 믿어지지 않는다. 여동생은 항상 "오빠!" 하면서 나를 잘 따랐고, 내가 전방 군 생활 시 화천 사방거리까지 면회를 왔었다. 동생 가족이 비극적으로 인생을 마감했지만, 장남은 교사 부부가 되었으며 두 딸도 성년이 되어 나름대로 살아가고 있음이 위안이 될 수 있으리라.

그가 생을 마감한 지 수십 년이 지났건만 항상 사랑스러운 동생을 잊을 수가 없다.

초라한 할머니

2017 무더운 여름이었다. 장성에서 버스를 타고 광주 양동 시장에서 내렸다. 시골집에 갈 때마다 풀과 잡초 때문에 힘들어서 제초기를 구매할 생각이었는데 가격이 비싸서 매번 '다음에 사야지' 하고 그냥 지나쳤다. 오랜만에 광주에 왔기에 공원 산책이나 해야지 하다가 할머니 한 분을 만났다. "할머니, 광주 공원으로 가는 길이 어딘가요?", "나도 그쪽으로 가니 같이 갑시다." 아는 길도 묻고 가라는 속담이 있듯이 서로 대화하면 지루함도 덜하고 즐거운 시간이 있지 않을까?

전교사 화학 장교로 2년 근무 시 월산동에 살았다. 누나와 동생이 지금도 살고 있기에 자주 광주에 가지만 공원에는 아주 수십 년 전에, 20대에 갔다. 광주공원에서 서독 서커스와 MBC 방송 노래자랑을 보고 사직공원을 거닐던 생각과 추억이 아른거린다.

할머니와 이 얘기 저 얘기 나누는 중 할머니 말씀이 고등학교 영어 교사를 했어 IMF 때 명예퇴직 하면서 퇴직금을 일시불로 받아 다 없어지고 지금은 어려운 생활을 하고 있다고 한다. 그 당시 교육자, 공무원 퇴직자 대부분이 은행 이자가 높아 연금보다 일시 퇴직금을 선호하는 경향이 있었다. 세월이 지나 퇴직금은 없어지고 힘겨운 삶을 사시는구나 싶었다. "할머니, 저도 군 장교와 공무원으로 37년간 공직 생활을 했어요." 말했다. 퇴직 시 가족이 일시불을 원했으나 절반만 연금으로 했으니 그나마 다행 아닌가? 어느덧 공원에 도착했다.

식사라도 같이할 생각이었는데 나를 따라오라고 하더니 복지관으로 가는 게 아닌가? 안에는 100여 명의 노인이 있었다. 나는 할머니 곁에 앉게 되었다. 두 남녀가 기타 치며 노래하는 모습이었다. 노인들에게 즐거움을 주기 위함이 아닌가! 복지관의 어려운 노인에게 음식도 제공하고 교회에서 봉사활동하고 있구나! 처음 알게 되었다. 주변 환경에 익숙하지 못한 나는 지루함과 더위 속에 있기가 거북하여 "할머니, 나갔다 올게요. 앉아 계세요." 인사하고 나왔다.

날씨가 무덥지만, 충정로를 가다가 광주역 방향으로 가고 있었다. 수많은 시민이 애용했던 광주역 KTX가 폐지된 후 일부 점포가 비어있는 등 초라하기 그지없었다. 점심시간이 되어 복지센터에 가려고 하다가 갑자기 비가 와서 망설이다가 인근 식당에서 식사 후 집으로 되돌아왔다. 할머니가 기다리고 있지 않을까.

너무 초라한 할머니 모습이었다. 평생 교직 생활을 했는데 이제는 매일 점심을 복지관에서 해결해야 한다니 마음이 아팠다.

우리 주변에 어렵게 사시는 노인이 얼마나 많은가 되돌아본다. 다시 광주에서 할머니를 만나자고 했던 약속을 어겨 미안한 마음을 전하고 못다 한 이야기를 나누고 싶지만…. 그 후로 할머니를 다시는 만나지 못했다.

삶과 죽음 사이

삶이란 생명체가 살아 숨 쉬는 것이고, 죽음이란 심장이 멈추는 것이다. (심장은 1분에 10만km를 혈관을 통해 순환시킴)

어릴 적 사람이 죽으면 상여를 메고 장지까지 가는 길을 보았다. "어허 어 허 어이 여차 어 허. 이제 가면 언제 오나 어허 어 허 어야…" 상여가 소리에 유가족은 곡을 하며 뒤따르고, 마을 사람들은 눈물을 흘리며 마지막 가는 저승길을 배웅했다. '아, 사람은 태어나고 언젠가 죽는구나?' 아주 어릴 적 상여를 보고 죽음을 알게 됐다.

어머니는 2006년 3월(93세)에 돌아가셨다. 마을에서 상여를 준비해서 모셨다. 아버님은 6년 후(97세) 마을에 메고 갈 젊은이가 없어 상여로 모시지 못하였다. 어머니를 마지막으로 고향마을 상여는 역사 속으로 사라지고 말았다.

2018년 11월. 감기 증상에 별로 개의치 않고 가족과 함께 고향에 갔다. 시골집 잡초가 우거져 엉망이었다. 4~5일간 집 안 청소와 잡초제거를 했다. 감도 따고 백씨 종친회 시산제 참여 등 바쁜 생활을 하였다. 이틀 쉬고 감기 증상이 심해 부랴부랴 서울로 돌아왔다. 식사도 며칠 못 하고 통증도 심해 숨쉬기가 점점 힘들어졌다. 내과의원에서 X-Ray 촬영을 했는데, 폐에 물이 차 있으니 대학병원에 가보라고 해서 바로 청량리 성바오로병원에서 진료했다. 당장 입원을 해야 한다고 했다. 심각성을 인지하지 못 하고 3일 후에 입원 예약을 하고 돌아왔다.

하루 이틀 지나니 숨을 쉴 수 없어서 얼마나 고통스러운지 나 죽는 다 소리를 지를 정도였다. 딸이 119구급차를 불러 부랴부랴 병원에 도착했다. 큰 소리로 "고맙습니다." 했다. 구급대원이 "네." 하고 대답했다. 이제 살 수 있겠구나! 안도감이 들었다. 응급 처치 후 자정쯤 중환자실로 옮겨졌다. 산소 호흡기를 사용했지만, 숨쉬기가 원활하지 않았고 폐에 가는 호스 주입으로 물 제거에도 아픈 통증에 이루 말할 수 없었다. 며칠간 식사도 물 한 모금도 제공되지 않았다. 배고프고 목마름을 견디기가 힘들었다.

나의 병의 심각성을 느꼈다. 심혈관 질환(심장병) 확장성 심근염증 심부전…. 죽음에 대한 공포심과 불안감 속에 나도 모르게 눈물이 흘러내렸다. 상태가 호전되어 일반실로 옮겨졌고, 다음날 수술실에서 1시간 동안 시술하였다. 혈관 속으로 혈액이 정상적으로 공급되니 구멍이 펑 뚫린 것 같이 숨쉬기가 한결 원활해졌다. 십 여일의 병원 생활을 하면서 삶의 소중함을 깨달았다.

드디어 퇴원 결정이 되었다. 심장 기능이 50%가 안 돼서 매월 검사와 진료를 받게 됐다. 병원에 가는 것이 조금 늦었다면 어떻게 됐을까? 목까지 고인 물이 뇌까지 올라갔다면 사망이나 반신불수가 될 수 있었다니 불행 중 다행 아닌가?

병원에 입원해 있는 동안 매일 와 준 자식과 손자 손녀 덕분에 가족의 소중함을 깨달았다. 삶과 죽음 사이에서 더 살고 싶다는 것은 인간의 본능 아닌가? 그간 성심껏 치료해준 청량리 성바오로병원 의료진과 아픔을 함께해준 가족과 병문안해준 친지, 친구, 모든 이에게 고마운 마음을 전하고 싶다. 앞으로 남은 인생 건강하게 살아가고자 한다.

죽음의 문턱에서

숨이 가쁘다. 누우면 숨쉬기가 힘들고 앉으면 가쁘다. 서서 왔다 갔다 해도 숨쉬기가 가쁜 것은 마찬가지다. 딸이 119에 신고했다. 난 뭐라고 했다. 7개월 전과 똑같은 증상으로 청량리 가톨릭대학교 성바오로병원에 입원해서 시술하고 힘든 병원 생활을 해야 하는 것이 두려웠다. 소방 구급대원이 왔다. 내 방까지 와서 병원에 가자고 했다. 난 거절했다. 난 병원에 안 간다고 했다. 딸에게 왜 신고했느냐고 화를 냈다. 설득해도 안 되니 구급대원은 "갈 거요? 안 갈 거요?" 물었다. 한참 후에 "네, 갈게요."라고 했다.

성모병원은 너무 멀어서(은평 이전) 경희 의료원에 도착하니 (2019년 7월 28일) 자정이 지나서 응급실에 입원하게 됐다. 병원에서는 심장 수술을 해야 하는 데 할 것인지 물었다. 수술을 안 하면 숨 가쁜 생활을 해야 하고 고통이 심하니 하는 게 좋겠다고 했다. 아산병원이나 연세대 세브란스병원을 추천 했다. 난 망설였다. 확률은 75:25이고, 두려움도 있지만, 선택의 여지가 없었다. 가족도 친구도 수술을 권했다. 교통이 편한 연세대 세브란스병원으로 2019년 8월 5일 후송 되었다. 응급실에서 하루 지나 중환자실로 옮겼다. 이틀 후 2019년 8월 8일 아침 8시에 수술실로 들어갔다.

내가 눈을 떴을 때는 저녁이었고, 중환자실이었다. 그다음 날 아들, 딸, 사위, 손자들이 왔다. 아침에 시작된 수술이 점심이 지나도 끝나지 않아서 가족들은 걱정에 휩싸였다고 한다.

아침 8시에 시작된 수술은 10시간 지난 시간에서 끝났다. 수술 중에 심장이 터져서 출혈이 계속되었고, 수술 중단이 반복되었고, 뇌에만 혈액을 공급하는 응급처치를 했으며, 심지어 봉합해야 하는 것까지도 생각했다고 한다. 주치의는 살려야 한다는 사명감에 끝까지 포기하지 않고 수술을 진행했고, 벤 탈 수술, 대동맥 판막 치환술(조직), 승모판막, 삼청판막 성형술로 겨우 출혈을 막았고, 10시간이 경과 되었어야 심장 수술을 성공적으로 끝낼 수 있었다고 한다. 수술에 참여했던 의료진과 주변 사람들은 "이것은 천운이다!" 하면서 따뜻한 위로와 기쁨의 말을 해주었다.

그다음 날 아침 수술 주치의 이승연 교수님이 "어르신, 하마터면 큰일 날 뻔했는데 천운입니다." 하였다. 수술이 성공적으로 끝날 수 있었던 것은 행운이 아닐 수 없다. "감사합니다, 살려 주어서…" 감사함을 표했다. 며칠 후 중환자실에서 5인실로 옮겨갔다. 2~3일이 지난 후 슬픈 노랫소리가 들리고 수많은 사람이 움직이는 모습이 나타났다. 묵묵히 어디 가는 사람들도 노래하고 춤을 추는 이도 보였다. 더구나 과거 드라마 〈제중원〉 촬영 모습이 선명히 나타나기도 했다. 아침에 주치의에게 사실을 얘기하니 치매가 올 수도 있고, 병실을 옮겨야 할 것 같다고 했다. 우선 약으로 해 보겠다고 했다. 더욱더 심해져 온몸이 아픈 고통도 있지만 환청 소리에 너무 힘들었다. 사람들은 잘살고 못 살아도 마지막 가는 길이 한길이네. 그 슬픈 노래에 눈물이 나오고 아무도 없을 시 엉엉 울기도 했다.

삶이 무엇인지, 이런 고통 속에 지난날의 세월이 주마등처럼 지나갔다. '벌써 죽을 나이구나! 아직 살고 싶기도 하니…' 울고 있을 때, 내 등을 두들겨주며 위로해 주는 이가 있으니, 그는 이가연 간호사였다. 어린 간호사가 위로해 주다니…. 눈물을 머금고 삶의 용기를 갖게 되었다. 환청은 계속되었고, 딸이 손을 잡으니 이상하게도 소리가 멈추었고, 딸이 교인이라 그런지 손을 놓으니 다시 소리가 나도 작아졌다. 그리고 담임 목사가 와서(딸이 요청) 기도해 주었지만, 소리가 작지만 멈추지는 않았다. 나는 주먹을 불끈 쥐고 허공에 날리고 "너희들 물러가라!" 정신을 똑바로 차리고 '치매 환자가 될 수 없다' 마음속으로 외치며 허공에 주먹질을 계속했다. 다시 딸이 와서 손을 잡으니 점점 소리가 사라지게 되었고, 저녁 무렵에 환청은 들리지 않았다. 다음날 바다의 잔잔한 모습이 형상으로 보이고, 계속된 조약돌 노랫소리에 미칠 정도였다.

며칠이 지난 후 심지영 교수님이 아침 진료 시 하신 말씀이 떠올랐다. 항생제를 계속 투여했으나 나쁜 병원성 세균이 살아있어서 병실도 옮기고, 이곳에서 치료가 안 되면 정부 중앙병원으로 이송되어야 한다고 했다. 마음이 착잡하고 두려움이 엄습했다. 그날 1인실로 옮겨가게 되었다. 오후에 광주에서 누나와 조카들, 외사촌 동생들, 군 임관 동기 친구들, 친지와 이웃들이 병문안을 왔었다. 하루 만에 격리병동 1인실로 갔으며 이것은 외부 통제였다. 면회도 안 되고, 의료진과 방문객은 마스크를 쓰고 보호 장비를 착용하고 병실에 들어 올 수 있었다. 매일 피검사를 2~3회 했고, 항생제를 중점 투약하는 등 식사도 못 해서 아픔과 고통이 이루형언

할 수 없었다. 다행히 병실을 옮기면서 조약돌이란 노랫소리
도 멈추었다.

　며칠이면 추석이었다. 늦어도 월요일쯤 퇴원할 생각이었다.
처음 본 의사 선생님이 회진했다. "이 호수 제거해주세요. 거
의 다 완료(폐, 물 제거)된듯하니 오늘 중 조치해드리죠.", "교
수님, 월요일에 퇴원할까 합니다.", "내일 퇴원 하세요." 교수
님의 말씀이 너무 좋았다. 2019년 8월 31일 퇴원하여 집으
로 갈 수 있었다. 병원성 세균에 묻지 않았지만, 치료됐기 때
문에 퇴원이 결정된 것 아닌가….

　그동안 수술을 집도하신 심혈관 외과, 이승 현 교수님, 전
반적으로 진료와 치료 관리를 해주신 심장내과 심지영 교수
님, 항상 친절하고 따뜻하게 대해주신 이가연 간호사님, 또
한 진료에 참여해주신 의사, 간호사, 의료진 등 모든 분에게
고마운 마음을 전한다. 또한 입원 기간 중 우리 가족 모두가
(아들, 딸, 손자, 손녀) 매일 방문 했으니 가족의 소중함을 깨닫
게 되었다. 앞으로 건강 관리를 잘해 10년 연장된 생명을 보
람되고 행복한 삶으로 살아가고자 한다.

　고향의 삶

탈장 고통이 사라지다

통증이 심하다. 심장 수술을 마치고 병원에서 퇴원한 지한 달쯤 지날 무렵, 왼쪽 탈장으로 고통이 형언할 수 없었다. 병원 입원 시 아팠다면 수술했을 텐데…. 최소한 수술 후 6개월이 지난 2020년 3월까지 참고 견디려 했지만, 양쪽이 다 아파서 걷기도 힘들고, 더 고통을 감내할 수 없을 정도였다. 나는 탈장 수술을 왜 주저하는가? 1986년도에 대한병원에서 오른쪽 탈장 수술을 했는데 척추마취의 통증, 수술 과정 소리…. 너무 아파서 재차 척추 마취를 하고 수술 시간도 2시간 정도 됐으며, 수술 후 1주일 동안 입원하고, 퇴원 후 통증으로 10일 후에야 출근했다. 수술 당시, 오랜 기간 동안 아픔을 겪었다. '가능한 수술을 하지 않고 견뎌보자….' 하지만 걷기도 힘들고 누워 있어도 아프기 시작했다. 왼쪽에 수년 전에 탈장이 생겼는데 수술했던 오른쪽도 아프고, 재발인가 싶었다.

어느덧 시간은 심장 수술 3개월이 지나가고 있다. 이젠 수술할 수밖에 없다. 나는 인터넷을 검색했다. 여러 병원이 탈장 전문병원이라고 나왔다. 그중에서 기쁨의원으로 정했다. 극소마취 무인공방 탈장 수술을 택했다. 전화를 걸었다. 상담사는 친절했으며 내일 당장 수술할 수 있다고 했다. 모레로 결정했다. "그런데 제가 심장 수술을 했는데 괜찮을까요?", "그럼 심장 수술한 병원에 문의하고 전화주세요." 연세대 세브란스병원에 문의했더니 한참 후에 탈장 수술해도 된다고 연락이 왔다. "수술병원이 어디냐?" 물었다. "기쁨의원인데요.", "심장 수술을 했기 때문에 작은 병원에서 하지 말고 이곳에서 수술해야 한다."라고 담당 의사 소개와 함께 진료 예약을 해주었다.

심장 수술 10시간, 죽음의 문턱에서 살았으니 심장하고 연관성이 있는 것 같기에 수긍했다. 진료 날짜에 의사를 만나게 되었다. 통증이 너무 심해서 당장 수술했으면 한다고 했다. 병원에서 심장 수술을 했는데 심장은 내과 의사가 수술이 가능했다. 아는 병원에서 3㎝ 정도 절개로 수술이 가능할 수 있다는데, 그는 손을 벌리며 10㎝ 정도 절개해야 한다고 했다. 대학병원이 더 새로운 기술에 의할 줄 알았는데 옛날 방식 아닌가? 너무 실망했다. 내가 나갈 무렵 의사는 "제가 수술하겠습니다." 했다. 어쩐지 자신감이 없어 보였고 믿음이 가지 않아 포기하고 버스에 탔다. 연락이 와서 다시 갔더니 혈액, 소변검사는 지금 하고, 심장 내과, 혈액 내과 진료 예약을 하라는 것이다. 실망감 때문에 그냥 집으로 왔다. 바로 기쁨의원에 전화해 3일 후 예약을 했다.

2019년 11월 29일 오전 9시 30분, 원장님 진료 후 소변 및 혈액검사, 탈장 부위 초음파 검사를 다시 했다. 기존에 진료받았던 오른쪽 탈장 수술은 이상 없다고 했다. 왼쪽 직접 서해부 탈장 수술만 오전 중에 하기로 했다. 당일 12시 30분에 수술실에 들어갔다. 한참 후 원장님이 도착하고 수술을 하는 것 같았는데 아무 감각이 없다가 수술이 끝났다. 오후 1시에 나왔으니 30분이 소요되었지만, 준비하고 늦게 시작한 점을 고려하면 20분 정도 걸렸다. 언제 수술했는지 전혀 통증이 없었으며 병실에서도 그다음 날(11월 30일) 오전 10시 퇴원까지 아무런 아픔도 느끼지 못했다. 수술이 이렇게 간단하다니 감탄하지 않을 수 없었다.

집에 돌아오니 진통제 약효가 떨어졌는지 약을 먹어도 약간 통증이 있으나 지난날의 수술에 비하면 아픈 것도 아니었다.(오른쪽 통증도 없어졌다.) 수술이 일주일 지난 후 아픔은 끝났으며 가려움이 3일 정도 계속되다가 사라졌다. 거즈를 제거하니 수술 부위는 표가 나지 않게 아물고 깔끔했다. 왜 이렇게 간단한 수술을 수년간 망설였을까…. 진작할 걸…. 아쉬움도 있었지만, 지금이라도 했으니 얼마나 좋은가? 기쁨의 원 무인공방 탈장 수술해주신 강윤식 원장님께 진심으로 감사드린다.

살고 싶은 욕망

초등학교 시절 「3년 고개」 글을 읽은 적이 있다.

아주 옛날 두메산골 마을 외딴곳에 부부가 살고 있었다. 어느 날 남편은 봇짐을 지고 먼 길을 다녀오는데 고갯길에서 넘어져 굴러떨어졌다.

집에 돌아온 남편이 근심 가득해 보여, 아내는 "여보 무슨 일 있어?" 물었다. 남편은 "아니야." 하면서 갑자기 통곡하기 시작했다. 아내가 왜 그러냐고 물었다.

"그 3년 고개 있지, 그곳에서 넘어지면서 굴러버렸어!", "뭐라고?", "앞으로 나는 3년만 살 수 있어.", "조심하지 않고! 술을 많이 드신 거요?", "아니야." 부부는 붙잡고 통곡하며 밤을 지새웠다. 아내는 곰곰이 생각해 봤다.

'3년이라…. 바로 그거다!'

아침이 되자 아내는 남편에게 말했다. "여보 당신 좋은 방법이 있어!", "무슨 방법인가?", "다름이 아니라 그 고개에서 한 번 굴렀을 때 3년이니까 당신 살고 싶은 만큼 여러 차례 구르면 앞으로 수십 년간 살 수 있지 않은가?" 아침 식사를 하고 남편은 봇짐을 지고 고갯길로 향하였다.

저녁에 돌아온 남편을 보니 얼굴부터 팔, 다리까지 온몸이 상처투성이였다. "당신 몇 번이나 구른 거예요?", "열 번 정도…." "그 정도 상처라니 천만다행이에요." 부부는 그 후 생각을 긍정적으로 하며 매사에 조심하고 행복하게 살았다.

연세대 세브란스병원에서 심장 수술한 지 20여 일이 지난 후, 오후에 환자 교육이 있어서 손녀가 휠체어를 끌어줘서 7층 입원실에서 8층 시청각 교육장으로 갔다. 환자 10여 명이 모였고 나는 맨 앞줄에 앉게 되었다. 잠시 후 강사가 화면을 통해 보여준 주요 교육내용은 수술 방법에 따른 약 복용과 먹지 말아야 할 음식 등을 소개하는 내용이었다.

교육이 끝나고 병실에 도착한 후 병원에서 준 책자에서 수술 방법을 보고 실망하고 말았다. 이 수술법은 2.5~5년이 수명이라니? 불과 2~3년 살기 위해 위험한 수술을 했다니…. 그 후 수 개월간 아픔과 고통에서 시달려야 했으니…. 차라리 죽게 놔두지 대수술은 왜 했는지 가족에게 불만을 토로했다. 환청에 의한 슬픈 노래에 계속 울음이 나왔다. 아니 계속 마음속으로 울었다. 사실 이 나이면 살 만치 살았는데 내가 왜 슬퍼할까….

우리 집안 어른들은 장수하셨다. 할아버지는 76세, 할머니는 86세, 어머니는 93세, 아버지는 96세에 돌아가셨다. 지금 내 현재 나이가 할아버지가 돌아가신 나이인데, 나는 무슨 할 일이 많다고…. 더 살고 싶다고 슬피 울고 있을까….

간호사가 어깨를 두들겨준다. 강사들은 의사도, 간호사도 아닌데 왜 그런 말을 했을까? "너무 상심 마세요. 다른 수술입니다." 이튿날, 의사 선생님 회진이 있었다. "왜 가장 짧게 사는 수술 방법을 했나? 2~3년이라니?" 화를 내며 불만을 토로하자 처음 본 박 의사는 얼굴이 붉어지며 투명한 말로 "10년 이상이요!" 하고 대답했다. 내가 계속 불만을 토로하자 혼자 말을 하면서 나갔다.

문득 '3년 고개'가 생각났다. 나도 3년 고개와 같이 반복 수술을 하면 생명이 연장될 수 있지 않은가? 이건 말이 안 된다. 좀 더 살겠다고 위험한 수술, 그 고통, 경제적 여건을 고려할 때 '3년 고개'와는 차원이 다르다. 박 의사 선생님이 나간 다음에 그럼 그렇지 다른 수술이 맞겠지 생각했다.

앞으로 10년 이상 살 수 있음을 긍정적으로 생각하니 마음이 편안해지고 불만도 사라졌다. 수술 후에 한 달 만에 퇴원하여 건강 회복에 주력하였고, 나머지 생애 건강하고 행복한 삶을 향해 살아가고 싶다.

손주의 편지

할아버지께

할아버지 안녕하세요. 오늘은 어버이날이에요.

제가 해드릴 수 있는 것은 없지만 편지는 써드릴 수 있어요.

항상 저희 가족을 위해 용돈도 주시고 정말 감사합니다.
항상 감사하게 생각하고 있습니다.

제가 나중에 돈 벌게 된다면 할아버지께 꼭 효도하겠습니다. 할아버지께서 도움이 필요하신 게 있다면 언제든지 도와드리겠습니다.

많은 것은 못 해 드리지만 항상 말 잘 듣고 잘 도와 드리는 손녀가 되겠습니다.

항상 감사합니다. 그리고 사랑합니다.

2018.5.8
손녀 장수연 올림

할아버지께

할아버지 안녕하세요. 저 재연이에요.

벌써 할아버지가 저희가족을 도와주신 지 5년이나 되었어요. 5년 동안 도와주셔서 정말 감사했습니다.

늘 맛있는 거를 먹을 수 있게 해주시고 용돈도 주시고 챙겨 주셔서 고맙습니다.

할아버지 저 내년이면 고3이에요. 고3이 되어서 제가 원하는 일을 하기 위해 대학을 진학해서 졸업하고 빨리 취업을 하고 싶어요.

제가 얼른 승무원이 돼서 첫 월급을 타면 제일 먼저 저는 할아버지, 할머니께 드릴 거예요. 할아버지, 할머니께 감사한 게 많으니까 얼른 돈 벌어서 호강 시켜드리고 싶어요. 그때는 이제 제가 할아버지께 용돈도 드리고 여행도 보내드리고 싶어요. 제가 꼭 승무원이 될 수 있게 할아버지도 응원해주세요. 그리고 꼭 호강시켜 드릴게요!

할아버지, 항상 저희 가족을 신경써주시고, 챙겨주시고, 말로 표현 할 수 없을 만큼 매일 매일을 감사드려요.

가끔 할아버지가 시키시는 잔심부름 하기 싫어서 피하거나 짜증내는 것도 다 죄송해요. 앞으로 적극적으로 할게요.

할아버지, 항상 감사함과 죄송함을 느껴요. 앞으로는 죄송함을 느낄만한 일을 없도록 하겠습니다.

제가 할아버지 호강 시켜 드릴 수 있도록 늘 건강하게 만수무강 하세요.

할아버지 많이많이 사랑 합니다 생신을 축하드려요!

2016.8.26

손녀 장재연 올림

우리 할아버지

할아버지 안녕하세요. 할아버지 생신 축하드려요.

작년 생신 때에는 몸이 안 좋으셨는데 이번 생신에는 건강한 모습으로 맞이하게 돼서 참 좋아요! 지금처럼 건강한 모습으로 오래오래 같이 살고 싶어요.

이번에 학교에서 장학금도 나왔어요. 적은 액수이지만…. 다음 학기에도 좋은 성적 받아서 장학금 꼭 받으려고 노력할게요. 알바도 학교 다니면서 계속할 거구요. 모두 각자의 위치에서 열심히 하고 있으니까 좋은 날이 올 거예요. 그러니까, (계속) 다 같이 웃으면서 지내요.

할아버지, 생신 축하드리고, 건강하게 오래오래 다 같이 살아요!

할아버지 사랑해요.

2014.8
손녀 장하진 올림

사랑하는 할아버지께

할아버지, 안녕하세요. 저 수연이에요.

저에게 항상 용돈도 주시고 먹을 것도 많이 사 오시고 항상 감사해요.

제가 받는 것에 비하면 해드릴 수 있는 게 많지 않지만 제가 할 수 있는 건 다 해드릴게요. 심부름도 할 수 있고 핸드폰 쓰다가 모르시는 거 있으시면 언제든지 다 알려 드릴게요.

제가 나중에 알바해서 할아버지 용돈 드릴 수 있을 때까지 오래오래 건강하게 사세요.

어버이날 축하 드려요.

항상 감사하고, 할아버지 사랑해요.

2021.5.8
손녀 장수연 올림

할아버지께

어느덧 가정의달인 5월이 되었습니다.

5월은 가족끼리 야외 놀러 다니기 좋은 달이지만 코로나, 미세먼지로 밖에 나가기가 좋지 않습니다.

상황도 좋지 않고 날씨도 나쁘니 집안에만 있어야 하는 게 아쉬울 따름입니다.

진즉 연락을 드렸어야 하는데. 뭐 이것저것 상황에 치이다 보니 연락을 드리지 못해 죄송합니다.

항상 할아버지께서 신경 써주시는 것에 비해 제가 많이 따르지 못하는 것 같습니다.

저는 뭐 그럭저럭 지내고 있습니다. 비대면으로 수업을 듣고 있고 많은 팀 프로젝트를 하고 있습니다. 이론 수업들이야 그렇다 치더라도 팀 프로젝트 수업들이 비대면으로 진행되는 것은 아쉬움이 많습니다. 어떻게 될지? 잘 마무리되었으면 좋겠습니다.

항상 좋은 말씀 해주시고 신경 써 주셔서 감사합니다.

할아버지 건강 잘 챙기셔서 몸 챙기시고 코로나 조심하세요. 조만간 찾아뵙겠습니다.

2021.5.8

손자 백승원 올림

할아버지께

할아버지, 저 수진이에요.

이해해 주세요. 할아버지 아프실 때 병문안 갔었는데 많이 아파 보여서 걱정 많이 됐어요.

수술 잘 마무리돼서 다행이고 아프지 않고 건강하게 오래 오래 사셨으면 좋겠어요.

저는 지금 이제 학교 졸업하고 회사에서 알바하고 있어요.

할아버지 지금 쓰고 계신 책도 꼭 나오면 읽어볼게요.

그리고 항상 예뻐해 주시고 좋은 말씀 해 주셔서 감사합니다.

2021.5.8

손녀딸 백수진

이별, 슬픈 사랑

"어느덧 가을이네!" K 주임이 다가오더니 팀장님 이번 휴가 중 캐나다 여행 다녀왔다고. 캐나다 도시 토론토, 수도 오타와나, 나이아가라 폭포 등 미국도 관광했다며 자랑스럽게 이야기했다. 그는 왜 먼 캐나다에 갔을까?

내가 팀장으로 온 지 2년경부터 자기 가정사에 대해 자주 말했던 기억을 생각해 보았다. 며칠이 지난 후 그가 무언가 고민이 있는 듯 보였다. "지금 뭘 생각하는가?", "집에 가재도구 전자제품 일체 빨간딱지가 붙어 있어서…", "왜?" 그의 아내가 은행융자금 상환이 연체되어 일어났다고 걱정스럽게 말을 했다. 아니 무슨 가게 한다고 말한 것 같은데…. 그의 아내가 호프집을 한다고 했다. "부채가 얼마인가?", "300만 원 정도 되는 것 같다…", "그럼 그걸 갚게." 얼마 후 융자금 다 갚고 해결됐다고 전해 들었다.

어느덧 몇 개월이 지난 후, 근심 어린 모습으로 말을 꺼냈다. "요즈음 또 걱정이 생겨서…", "그게 뭔데?", "매일 빚쟁이가 집에 장사진을 치니…. 무려 금액이 천만 원 정도다…." 그리고 아내가 집을 나가 버렸다고 했다. 가끔 왔다 간 흔적은 있는데 만날 기회가 없었다고 한다. 다행히 은행 융자금을 받아 사채를 갚았지만 사는 데 힘든 내색이 보였다.

그 후 1년 정도 조용해 그의 집에 평화가 온 듯싶었는데…. 또 무슨 돈을 썼는지 빚 갚으라는 독촉장이 오고 있다고 했다. 독 깨진 독에 물 붓기라 할까? 그가 갚기에는 어려운 처지였다. '이러다가 살고 있는 작은 연립 가옥마저….' 생각에 이르자 아내를 찾기 시작했는데, 오피스텔에서 군 후배와 같이 있는 걸 목격했고, 월세 100만 원에 기거했다고 하니…. 기가 찬 일이 아닌가? 말다툼 속에 집에 아내를 데려왔으나 다음날 다시 나가 버렸다고 한다. 그에게 중·고등학교에 다니는 두 자녀가 있어서 망설였으나 할 수 없이 이혼할 수밖에 없었다고 한다.

그동안 시달렸던 부채에서는 자유였지만, 이별이란 아픔이 그에게는 힘든 길이었다. 그는 이혼한 지 1년이 지난 후 병원에 입원했다. 그동안 스트레스와 음주로 인해 간에 이상이 생긴 것이다. 그는 언젠가 나에게 말했다. 아버님도 간암으로 돌아가셨고, 형님도 얼마 전 떠나갔다고… "K 주임, 더 술 먹지 말게!" 나는 그에게 말했다. 벤젠의 법칙에 따르면 손자까지 영향이 미친다고 하니, 비록 유전은 아니라도 간에 대한 취약성이 약하니 금주만이 살길 아닌가 충고했다. 20여 일이 지난 후 퇴원했다. "병명이 무언가?", "간에 이상이 생겼다고 했으나 간암은 아니라고 대수롭지 않게 생각하다니…", "지금은 40대지만, 50대가 되면 면역력이 떨어질 것 아닌가? 오늘부터 금주, 약속하게!" 그도 수긍했지만, 지금도 과거와 달리 과음은 아니지만 끊는 듯 같지 않았다.

또 2년이 지난 후 다시 병원에 15일 정도 입원했다. 병명은 간에 혹 같은 것이 있어서 제거했다고 한다. 그날 이후 더 술을 단절했지만, 너무 늦은 감이 있다. 나는 왜 그가 캐나다에 갔는지 궁금했고, 그는 좀 더 구체적인 사연을 얘기했다.

그는 군 시절 성당에서 은행에 다니는 여인을 만나 서로 사랑했지만, 결혼은 각자 다른 사람과 했다고 말했다. 누가 먼저 했는지는 모르지만…. 갑순이와 갑돌이 노래와 닮은 면이 있다고 할까? 그런데 문제는 그 여인은 결혼하고 신혼여행을 제주도로 갔고, 신혼 첫날밤, 도망쳐서 사라졌다고 한다. 신부는 서울 ○○은행 지점에서 캐나다 토론토 지점으로 갔다고 한다. 아니 언젠가 TV 뉴스에 나온 그 여인인가 의아심이 있었지만 차마 묻지를 못했다. 이번 휴가에 케나다, 미국 등 관광을 했다는 것이 사실은 첫사랑 만남이었고, 그러니까 여인과 완전한 이별은 아님을 알 수 있었고, 한국에 올 때도 서로 만남이 있었다는 것을 알 수 있었다. "K 주임, 지금까지의 가족사는 장편소설 주제가 될 수 있네.", "글 쓰게요?", "아냐. 다만, 나보다 열 살 아래, 더 오래 살면 글 쓰는 일은 없을 것이니 건강에 최선을 다하면 돼. 알겠는가?" 묻자 그는 웃어넘겼다. 그동안 그의 가족, 사랑과 이별, 건강까지 모든 이야기는 누구한테도 말하지 않았다. 오직 나 혼자만이 알고 있을 뿐이다.

그와 같이 근무했던 수년이란 세월이 지나갔다. 2,000년도에 직장 마감을 했다. 그동안 고향 방문, 강의 등 바쁜 일정을 가졌으며, 퇴직 10년 후에 너무 궁금해서 K 주임에게 전화했다. 한번 만나서 여러 가지 대화를 하고 싶었는데…. 전화를 받자마자 "지금 바쁘니까 제가 전화할게요." 하며 끊어 버렸다. 그 후 20여 일이 지난 후 나에게 한 통의 문자가 왔다. K 주임 사망이라고…. 문자는 하루 지나 전달되었고, 당시 나는 재경 향우회원과 고향마을 초청으로 관광 중이었다.

　다음날 서울에 도착하니 이미 새벽에 장지로 떠나 문상도 못 했음이 미안한 마음 형언할 수 없다. 더구나 50대 중반에 인생을 마감하니 가슴 아픈 사연이 아닐 수 없다. 어느덧 그가 삶을 마감한 지 10년이란 세월이 지나갔다. 삶과 죽음…. 인생의 무상함을 새삼 느낀다.

귀신은 존재 하는가

초등학교 시절 무더운 여름이었다. 며칠간 장맛비가 내리
더니 오후에 비가 그치기 시작했다. 동네 사람들은 해당(마
을 광장)으로 모이기 시작했다. 해당에는 수백 년 된 팽나무,
당산나무가 우거져 있고, 그 밑에는 평판한 큰 바위가 붙어
있었다. 주변에 작은 바위와 나무가 있어서 특히 동네 사람
들은 잠을 자거나 옛날애기를 하며 즐겁게 지냈다.

그곳은 마을의 휴식처 역할을 했다. 또한 해당은 청소년
어린이들이 공놀이, 팽이 놀이, 농악 등 당산제를 지내는 곳
이며, 마을의 중앙에 있었다. 내가 저녁 무렵 해당에 갔을
때는 3~40명의 동네 분이 있었으며 어린 애들도 많이 나와
있었다. 어둠이 깃들고 어두워질 무렵 앞산에서 불빛이 보였
다. 아주 작은 불빛이 꼬리를 달고 여러 개가 움직이고 있었
다. 한 어르신이 "저것이 도깨비란다."라고 하셨다. 그 불이
약 30분 정도 날아다니는 것을 목격했다.

저게 도깨비인가? 호기심과 공포심을 억제할 수 없었다. 어른 한 분이 "저 앞산 우측 골짜기는 6·25 때 트럭으로 사람을 싣고 와 매장했던 곳이다."라고 했다. 이상하게 매장장소 부근에서 불빛이 나오더니, 좌측으로 날아다니고 있지 않은가!

저녁 9시쯤 집에 와서 "어머니! 도깨비불 봤어! 앞마을 뒷산에 마구 날아다니던데…" 했다. "마을에 장사분이 살았는데 장날 술을 많이 먹고 늦은 밤(12시경) 동네 골목길 으슥한 곳(숲이 우거진 곳)을 지나가는데 도깨비가 나타나 씨름을 했단다. 둘이 붙잡고 아무리 힘써도 이길 수가 없었다고…. 내가 이 마을 장사인데! 왼발을 걷어차도 안 넘어가고 이놈이 힘이 보통 아니라고, 반대편을 오른발로 걸고 넘어뜨리려고 해도 이길 수가 없었다고 한다.", "그래서 어떻게 됐어요?" 도깨비를 나무에 묶고 집에 와서 한참 잠잔 후 가보니 대 빗자루가 있었다고 한다.

옛말에 빗자루에 K씨 성의 피가 빗자루에 묻으면 도깨비가 된다는 유래가 있다고 한다. 어머니는 그분을 알지만 돌아가셨고 동네 사람들 대부분이 알고 있었다. 추후 알게 됐지만, 사람에게 '인'이 있는데, 죽은 사람 몸에서 인이 불빛으로 보일 수도 있다고 한다. 그럼 도깨비불은 무엇인가? 무엇이 사실인지 중학생이던 어린 나의 궁금증은 더욱더 깊어졌다. 그럼 내가 보았던 일화는 무엇인가?

어느 겨울 중학교 시절이었다. 수업이 끝나고 특활활동 2시간이 끝나니 어느덧 해가 저물었고 버스도 끊겨서 혼자 신작로를 따라 걸었다. 첫 번째 공동묘지를 지날 무렵 하얀 사람 같은 모습이 보였다. '저것이 귀신인가?' 무서움 속에 가방에 작은 돌을 넣고, 주먹에 돌 하나를 쥐고, 그곳을 보면서 곁에 갔다. 소나무에 눈이 쌓여 귀신으로 보인 착각이었다. 어느덧 집에 도착했을 때는 깊은 밤 10시가 다 되었다.

그 후 가을인가 싶다. 학교생활이 늦어서 혼자 밤길을 걷다가 마을 앞 세 번째 공동묘지를 지나게 되었다. 작은 공동묘지보다 6·25 때 많은 죽은 사람이 매장된 곳이다. 도로 옆에 숲이 우거져 있고, 옛 어른들에게 그곳에서 귀신이 나타난다는 얘기를 들은 적 있어 몸이 바짝 무서웠다. 돌멩이를 들고 똑바로 앞만 보고 지나갔다. 마을까지는 약 500m 정도 거리였다. 얼마쯤 걸어가니 조금 먼 거리에 하얀 옷을 입은 사람이 따라오고 있었다. 천천히 걸으며 보니 일정한 간격으로 오고 있지 않은가! 마침 어머니가 등불을 들고 마

중 나와 계셨다. 어머니는 내가 학교를 마치고 늦은 밤 집에
돌아올 때면, 수 십 번도 더, 항상 등불을 들고 아들 마중
을 나오셨다.

언젠가 너무 늦어서 누나 집에서 잔적이 있는데, 밤 자정까
지 어머니가 기다렸다는 것을 알고 그 후에는 아무리 늦어도
밤길을 걸으며 집에 가게 됐다. 그때 어머니의 자식 사랑을
알게 되었다. "어머니, 지금 뒤에 사람이 오고 있으니 기다렸
다 같이 가요.", "그래." 한참 기다려도 오지 않아 뒤를 보니
먼 거리에 하얀 옷 입은 사람이 보였는데 갑자기 사라져 버
렸다. 그 당시에는 사람이 확실하다 생각했기에 무서움이 없
었다. 지금 생각하면 혹시 귀신을 본 것 아닌가? 생각이 들
때도 있다.

2019년도 8월에 갑자기 숨이 막혀 구급차를 타고 경희대
학교병원으로 후송 입원했다. 10일간 치료 후 상태가 위중하
여 세브란스병원으로 이송되었고, 2019년 8월 8일 심장 수
술을 했다. 수술은 혈액이 멈추지 않아 중단될 뻔했지만, 교
수님의 집념으로 10시간의 대 수술 끝에 생명을 구할 수 있
었다고 한다. 살 수 있게 해줘서 고맙다는 마음을 영원히 간
직하고 싶다. 더 살 수 있다는 기쁨 이전에 아픈 고통은 이

루 말할 수 없었다. 며칠 지난 후 환청이 들렸다. 슬픈 노래
와 주마등처럼 보이는 영상이 무척 괴로워했다. 다행히 교회
에 다니는 딸이 손을 잡아주자 환청은 멈추었다. 하지만 잠
시 후 소리는 작아졌지만 마찬가지였다. 교회 목사님이 기도
하고 쓰다듬으니 잠시 멈추었다가 소리가 작아졌지만, 환청
은 계속되었다. 그 후 병실을 옮긴 후 환청은 사라졌다.

수술 후 5개월이 지난 후 어느 날 갑자기 발이 붓고 또다
시 아픈 고통이 시작되었다. 가족과 딸은 당장 병원에 입원
하기 바랐으나 다시는 병원에 안 간다고 우기며 며칠을 지냈
다. 그런데 식사를 하면 토하고 먹기가 힘들었고, 몸은 더욱
쇠약해졌고, 몰골이 말이 아니다. 하루는 컴퓨터에서 뉴스
를 검색하고 잠깐 눈을 감았는데 검은 옷의 두 남자가 내 곁
에서 양팔을 잡고 있는 모습이 보였다. 아니 저승사자는 갓
쓰고 검은 도포 같은 것을 입는데…. 복장이 그냥 검은 옷만
입고 있는 모습이었다. "너희들은 누구냐?"

그때 모 가수의 「백세인생」 노래가 생각났고 "나는 아직
갈 때가 아니다. 아직 할 일이 많이 남아 있다. 복장이 뭐
냐? 빨리 가지 못해?" 하면서 다그쳤다. 눈을 떠보니 '꿈인
가…. 잠 안 잔 것 같은데…. 그 모습은 무엇인가?' 신기해하

며 가족들에게 얘기했다. 며칠 후 낮에 의자에 앉아서 TV를 보고 있는데 옆에 사람이 같이 보고 있지 않은가? 젊은 남자의 얼굴이 선명히 보였다. 고개를 돌리고 보면 사라지고, 앞을 보면 옆에서 같이 TV를 보고 있고…. 또 가족에게 그 얘기를 했다. 왜 내 옆에 사람 모습이 나타날까? 흔히 말하는 귀신인가? 의문점이 있다.

통증이 심해서 병원에 다시 입원하여 일주일 정도 치료 후 완쾌했다. 퇴원하고 건강이 회복되니 더 보이는 증상은 사라졌다. 그런 현상은 귀신이 아니라 몸이 쇠약하고 심신이 약할 때 나타나는 일시적인 현상이라고 생각된다.

과연 귀신(鬼神)은 존재하는가? 어릴 적 사랑방에 가면 어른들이 하신 말씀이 귀신을 보았고, 도깨비하고 씨름했느니…. 비록 호랑이 담배 피우던 시절 이야기지만 호기심에 무서워하면서도 밤이면 사랑방 얘기를 좋아했다. 그런데 우리나라에 호랑이가 없는가? 다 어디로 사라졌나? 호랑이가 담배를 피웠다니…. 폐암으로 사망했을까 생각해 보기도 했다.

서울대공원이나 동물원에서나 호랑이를 볼 수 있다. 우리 중에 귀신이 있다고 생각한 사람은 극소수에 불과하다. 무속인은 귀신이 있다고 말하고, 또한 일부 종교인은 귀신은 우리 몸속에 있다고 한다. 인간은 4차원이라면 귀신은 5차원이라고, 빛과 어둠의 천사가 모두 들어와 에너지로 활동하고 있다고 주장하기도 한다. 귀신은 하느님이 허용한 일만 하므로 두려워할 필요가 없다고 한다. 다른 불교 스님은 인간에게는 영혼(靈魂)이 있어서 죽으면 저승에 가지 못하고 구천(久喘)에 떠돌아다닌다고 한다. (자살이나 교통사고사 경우; 이 뜻은 절망 속에 희망이 있으니 자살하면 안 되고, 교통법규 지키고 음주하지 말란 뜻) 그러나 무속인의 무당굿은 문화예술로 승화되어 무형 문화재로 등록되어 계승 발전시키고 있다.

과연 영혼은 존재하는가? 다시 어린 시절로 돌아가 본다.

오늘도 마을 해당으로 가 애들과 함께 공차기 놀이를 하는 도중 어둠이 짙어지자 동네 아래쪽 집에서 불꽃이 날아가는 것을 목격했다. 저 불은 무엇인가? 어른들은 혼(魂)이라고 했다. 3일 후 그 집에서 초상이 났다.

머릿속에 어릴 적 할머니가 전해준 얘기가 생각났다. "사람은 혼이 있단다. 눈언저리 바로 밑을 만지면 불빛이 보인다. 이걸 혼이라고 한다. 혼이 나가면 3일, 3개월, 6개월 안에 죽는다."라는 것이다. 특별한 경우 3년까지 산다는 말이 있기도 하지만, 그 후 항상 눈언저리 불빛을 항상 확인해 봤다.

심장 수술 후 6개월이 지났는데 갑자기 병이 악화되면, 눈언저리 불빛이 빠른 속도로 돌지 않는가? '아…. 혼이 떠나려고 준비하나….' 불안이 엄습했다. 병원에 다시 입원하고 치료받으니 눈언저리 불빛이 도는 속도가 느려지다가 퇴원 후 건강이 회복되니 도는 모습은 사라지고 정상적으로 눈언저리 돌아왔다. 지금도 매일 눈빛이 보이는가 확인하며 생활하는 습관이 생겼다. 그러나 과학적으로 증명할 수 없지 않은가? 단지 몸이 쇠약하고 정신력이(온갖 잡념) 약하면 그런 현상이 나타날 수 있겠지만 그게 귀신이라고 단정할 수 없다. 귀신이 있다 없다는 각자 판단하면 된다.

병원을 퇴원한 지 7개월이 지나면서 건강이 회복되고 정신력이 강화되면서 환상이나 그런 모습은 사라지고, 더 살수 있다(10년)는 희망을 품게 되었다. 남은 인생 우아하게 늙도록 만드는 문구가 생각난다. 그것은 사랑, 여유, 용서, 아량, 부드러움이다. 이 문구를 되새겨 본다. 먼지가 나고 돌멩이를 들고 뛰던 신작로 길 공동묘지에는 농공산업단지로서 공장이 가동 중이다. 도로는 왕복 4차선으로 확장되어 고속도로가 만들어져 하루에 수십만 대의 차량이 달리고 있다. 지난 중·고교 시절 귀신이 나타날까? 하던 공포와 무서움은 하나의 추억어린 옛날이 되었다.

어릴 적 걸어 다니던 길을 지금은 차를 타고 달리며 세월의 무쌍함을 느낀다. 길을 걸어 다니는 사람은 볼 수 없을 정도이고, 대부분 자가용이나 택시, 버스 등을 활용하고 있다. 지나온 추억을 돌아보면서 무엇보다 중요한 건 건강(健康)이라고 생각한다.

맥박의 기적

　오랜만에 창밖을 보니 가랑비가 내리고 있다. 기상청에서는 남부 지방에 비가 150㎜ 오고, 전국적으로 소나기를 동반한 비가 올 것이라고 예고했다. 조금씩 내리는 비는 소가비를 몰고 왔다는 소낙비다. 오전 내내 가랑비와 소나기가 반복되더니 오후에는 비가 그치고 흐린 날씨만 계속됐다. 그다음 날 간병인이 창문을 가리켰다. 밖을 보니 구름 한 점 없는 푸른 하늘이 너무 좋았다. 바닷가를 거닐며 자연을 한껏 누리고 싶은데 나는 병실에 누워있어야 했다. 며칠 후 그토록 고대하던 퇴원을 하게 됐다. 병이 완쾌된 것도 아니지만 병원 생활이 너무 힘들어 담당 주치의 과장님께 간절히 요청했고, 퇴원을 결정해 주셨다.

　퇴원 후 집에 도착하니 가족으로부터 충격적인 말을 들었다. 20여 일 전부터 밥맛이 없고 입안이 쓰고 음식을 먹을 수가 없었다. 입안이 헐고 목도 아팠다. 증상이 있은 지 10

여 일이 지나고 이비인후과에 갔다. 간단한 치료와 4일분의 약을 처방받아 복용했으나 효과가 없어서 재차 방문하여 또 4일분의 약을 받았다. 그러나 아무런 증상이 개선되지 않았다. 이번에는 동네 내과를 방문해 증상을 얘기하고 5일분의 약을 복용했으나 효과는 없고 오히려 증상은 심해졌다. 모든 음식은 쓴맛이고 밥 한술 먹으면 토할 지경에 이르렀다. 또다시 방문하여 5일분의 추가 약을 받았다. 몸이 너무 쇠약하고 기운이 없어 영양제 주사를 맞았다. 원장님은 피검사를 해보자고 했다. 수혈하고 월요일에 검사 결과가 나오니 꼭 오도록 당부했다. 월요일에 병원에 가니 간 수치가 500이 넘었다. 빨리 큰 병원에 가라고 해서 가족은 급히 집으로 왔다고 한다.

2021년 6월 7일 10시 20분에 나는 물을 먹다가 쓰러지고 의식을 잃었다. 마침 사위가 발견하고 119에 신고했다. 소방구급대원은 환자가 열이(40도) 있어 코로나19 전문 병원으로 가야 한다고 고지했다. 주변 대학 병원을 알아봤으나 입원이 어렵다는 통보를 받고 여건이 허락된 삼육대학병원 응급환자실로 입원하게 되었다. 당일 11시경 응급실에 도착했다. 응급처치 후 중환자실로 옮겨졌다. 병원 진단 결과 급격한 혈액 반응으로 당 수치가 급증해 측정 불가(1200 기준 이상)였다.

평소 당뇨 수치가 정상인데 갑자기 수치가 오른 것은 급성 당뇨라고 한다. 몸에 탈수 현상이 심각(9ℓ의 탈수 현상)했다. 갑자기 코피가 심하게 나와서 긴급수혈을 하고 지혈에 치중했다. 혈압이 낮고 탈수 현상으로 몸의 기능이 회복되지 않아 생명에 위험이 있었다. 박순희 과장님은 가족에게 장례 준비를 요청했다.

2021년 6월 8일, 중환자실에서 가족 면회를 했다. 하반신은 마비 상태, 심정지 상태, 혈압은 허혈 상태, 간신히 맥박은 약하게 뛰고 있는 상태였다. 가족들은 장례 문제를 의논하며 화장이냐 매장이냐 의견이 상충하였다. 평소에 내가 어머니 곁에 묻어달라고 했던 게 생각나 매장으로 결정했다고 한다.

광주에 사는 동생과 누나에게 긴급 연락하니 코로나19로 오지 못해서 동생은 200만 원을, 누나와 조카들이 수십만 원을 장례비용을 위해 송금해 왔다. 나는 외쳤다. "아직 할 일이 많다! 반드시 살 것이다! 반드시 살 것이다!" 꼭 살 것이라고 외쳤고, 나에게 조금이라도 더 살 수 있도록 애원했다. 이미 나의 영혼은 떠나갔고 저승길을 향해 달려가고 있었다. 마지막 문턱에서 간절한 나의 울부짖음에 멈추었다. 이미 하반신은 마비되었고, 심정지 되었으며, 마지막 희망은 맥박이 정상으로 돌아오는 것이었다.

오 헨리가 마지막 잎새였던 나뭇잎에 희망을 걸었다면, 나는 맥박에 목숨을 걸고 있었다. 내가 만약에 살아남는다고 해도 정상적인 생활을 못 할 것이라 여기고 집사람은 요양병원을 알아봤다고 한다. 한 달 병원비만 180만 원이고, 병간호비는 1일 2만 원이라고 했다. 말을 듣고 도저히 우리 집 능력으로 부담이 어렵다고 포기했다고 한다.

나는 앞의 글에서 요양병원은 현대판 고려장이라 언급 한 적이 있다. 내 몸이 움직일 수 있다면 요양원, 요양병원은 가지 않을 것이다. 다짐해 본다. 마지막 기도이다. 가족은(아들 둘, 딸, 사위, 집사람) 마지막 가는 모습을 보기 위해 병실에 왔다. 그때 누군가 "심폐소생술(CPR) 할까요?" 했다. 아무도 대답이 없었다. 대형 산소통에 공기를 주입하기 때문에 CPR은 필요 없는데, 더 효과가 있을까 하는 생각에 말한 듯싶다.

오늘도 나는 외쳤다. "살고 싶다! 꼭 살 것이다!" 아직 정리할 것도 많고 죽을 준비가 안 된 상태니 조금만 살려 달라고 애원했다. '하느님, 저를 살려 주세요…. 어머니, 저를 돌봐주세요…" 계속해서 어머니를 불렀다. 병원 안은 적막감이 흐르듯 조용했고 가족이 온 것 같은 느낌이었다. 아무도 슬퍼하는 기색이 없었다. 우는 사람도 말하는 사람도 없어서 마음속으로 서운하고 섭섭한 느낌이었다. 그런데 이때 딸의 목소리가 들렸다. "아버지, 죽지 마세요. 아버지, 살아야 해요. 우리 아버지 살려 주세요. 아빠 죽지 마. 꼭 살 거예요." 내가 살아남는다면 너에게 상을 주고 싶다. 딸은 조용히 기도를 시작했다. "아버지 살려 주세요. 우리 아빠 살려 주세요…" 계속 반복해서 외쳤다.

간절한 기도에 탄복했는지 저승 문턱에 있는 영혼은 회군하여 내 몸속으로 돌아왔다. 기도가 끝나니 발끝에서 기온이 오르기 시작하고 혈압도 정상적으로 돌아오고 심장도 다시 뛰기 시작했다. 작은 숨소리가 들려왔다고 한다. 이젠 살았다는 확신을 하게 되었다. 세브란스병원에서 심장 수술시 10시간 사경에 헤매었으나 다행히 수술이 성공하여 3일 후 이승연 교수님이 와서 "어르신 하마터면 큰일 날 뻔했습니다. 천운이며 행운"이라고 표현했다. 내가 숨을 쉴 수 있는 것은 맥박의 기적이라 여겼다. 주치의 박순희 과장님은 "이런 일은 처음이다. 기적이다."라고 말했다.

내가 숨을 멈춘 지 4일 만에 살아난 것이다. 시골에 연락하여 장례 준비를 중단시켰고, 누나에게는 사실을 알려주었으나 동생에게는 아직 연락을 취하지 못했다. 장례비용으로 보낸 돈은 병원 치료비에 사용했다. 돈을 돌려주어야 하나 선납으로 하면 되나 여러 생각이 들었다. 보답하는 방법을 찾아볼 계획이다. 그 후 나는 눈을 떴다. 주변을 보니 병원 중환자실이었다. 내가 왜 병원에 있나? 강제로 입원시킨 건가? 입원 당일 같은 증세로 입원한 환자는 사망했다는 소식을 나중에 알게 됐다. 옆에는 온몸이 시커먼 마치 불에 타버린 그런 모습의 환자가 보였다. 과연 저분이 살 수 있을까? 주변을 보니 중환자실에 빈틈없이 환자들이 누워 있는 것이 보였다. 간호사가 분주히 왔다 갔다 했다. 몸을 움직일 수 없어서 보니 양팔이 묶여 있었다. 식사는 죽이 나왔다. 양손이 묶여 있는데 어떻게 먹을 수 있는가? 간호사가 한 숟갈 주면서 먹으라고 했지만 먹지 못했다.

식사는 하루 두 번, 죽으로 나왔지만, 전혀 먹지 못하다가 저녁에 간호사가 와서 떠넘겨 주어 두 숟갈을 먹고 두유를 주어 그걸 삼켰다. 그다음 날 간호사가 숟가락으로 열 번을 먹여 주었다. 나는 착한 간호사의 명찰을 봤으나 희미하게 글씨가 보이지 않았다. 그들은 누구인가 알 수 없으나 고마운 마음 그지없다. 양손이 묶여 있으니 답답하고 미칠 지경이었다. 간호사에게 풀어달라고 해지만, "안 돼요."라고 했다. 왜 묶었는가? 온몸에 수많은 주사침이 꽂혀 있어 움직이면 안 되기 때문에 손발을 묶게 됐다고 한다. 바늘은 2개 정도이고, 왜 풀어주지 않는지 이해할 수 없었다.

6월 13일, 드디어 중환자실에서 일반 병실로 옮기게 되었다. 나의 병실은 창가여서 밖을 볼 수 있어서 좋은 장소였다. 일반실에 옮겨 왔는데 팔은 묶여있었다. 나는 외쳤다. 팔 묶은 것을 풀어달라고…. 간호사는 "풀 수 없다"는 대답뿐이었다. 얼마나 고통스럽고 압박감을 주는지…. 그 느낌을 참지 못해 그럼 난 자살 한다고 머리를 침대 안전대에 "쿵,쿵,쿵." 3번이나 박았는데 아프기만 하고 별 반응이 없다.

그로부터 일주일이 지났고, 잠자고 일어나니 손 묶여있던 것이 풀어져 있어서 난 너무 좋았다. 지금까지 병간호했던 집사람은 섬망 현상 등으로 케어를 보호자가 할 수 없어서 집으로 가고, 병원 측에서는 간병인 없으면 입원이 안 된다고 해서 민간 간병인을 보냈다.

2021년 6월 17일, 간병인 케어가 시작되었다. 잠자고 눈을 떠보니 낯선 여인이 와 있었다. '저분은 누구일까? 병간호하러 온 사람이구나!' 하면서도 혼돈하여 집사람 대하듯이 대화했다. 그녀는 화려한 옷에 짙은 화장을 매일 하고 있어서 병실 분위기도 그렇고 어울리지 않는 행동이다. 간병인은 2번 기저귀를 갈아주었고 면도도 해주고 물티슈로 얼굴도 닦아주고 전반적으로 잘해 주었다. 다만 잠들면 물 달라 화장실 가고 싶다 하면 그냥 일어나지 않았다. 그래서 휠체어를 타고 두 번이나 화장실에 갔으며 한번은 환자복을 벗으라고 하더니 샤워기로 물을 뿌리며 목욕을 시켜주어 너무나 고마웠다. 벌써 20여 일이 지났을 때까지 식사를 못 하자 코에 호스를 주입해서 미음을 넣어주고 약도 투약했다. 문제는 코, 목, 치아까지 통증이 심해 마침 진료 오신 과장님께 말씀드리니 제거해 주셨다. 제거하자마자 통증이 사라져서 너무 기분이 좋았다. 몸이 너무 허약해서 영양제 주사를 요구했다. 간호사가 영양제를 링거에 주입하자 노랗게 색이 변했다. 아침에 맞은 주사였던 링거 약은 변동이 없다. 간호사에게 얘기하니 내일 아침까지 갈 거라고 하며 반응이 없다.

8시간이 지나도 약은 흐르지 않고 그대로였다. 또한 주사를 놓았던 팔이 심하게 아프기 시작했다. 바늘은 혈관이 아니고 근육에 꽂혀있어 약이 주입이 안 된 것이다. 간호사가 주사침을 뺐다가 다시 놓는다고 이곳저곳 주사를 놓았으나 결국 포기하고 가더니 고참 간호사가 왔다. 그 역시 혈관을 찾지 못하고 놓을 수 없다면서 가버렸다. 한참 후에 다시 시도해 달라고 했더니 더 안된다며 거절했다. 세브란스병원에 입원 당시에도 간호사 3명이 주사를 못 놓고 포기하고 숙련된 간호사가 와서 보이지 않은 혈관을 찾아 한 번에 주사를 놓았었다. 사실 몸이 쇠약하니 혈관이 보이지 않아 간호사만 탓할 일은 아니다. 식사도 못 하니 주사를 못 놓는 것에 나는 퇴원을 하겠다고 과장님께 강력히 요구했다.

2021년 6월 30일 퇴원을 하게 됐다. 사실 병이 완쾌된 것도 아니지만 약만 먹으니 집에서 몸도 추리면서 약 먹는 게 효과적이라고 생각했다. 집에 오니 너무나 좋았다. 이틀 만에 식사도 하고 일주일이 지나서 집 안에서 걸어 다닐 수 있게 되었다. 병원에서 죽어 있을 때 들은 말을 확인해 보니 사실이었다. 사람이 죽어도 몇 시간은 말을 들을 수 있다는 것을 알게 되었고, 죽었다고 나쁜 말 하면 원한을 품고 해를 끼친다고 생각한다. 반대로 좋은 말을 하면 편안히 잠들고 행복을 줄 것이다. 내가 심정지 되고 하반신이 마비되고 마지막 맥박은 한계점에 이르자 소생 불가 판단하고 장례 준비를 시켰다. 주치의 과장님은 "치료를 계속할까요?" 했고, 가족은 포기하겠다고 했다.

하지만 의사란 아픈 사람을 치료해서 낫게 하고 죽어가는 사람을 살리는 것이 의무요 책무가 아닌가? 수많은 주사를 놓고 복합적으로 치료하니 맥박이 정상으로 돌아오면서 나는 살 수 있었다. 만약에 치료를 포기했다면 나는 살아갈 기회를 놓치고 생매장될 뻔했다. 최선을 다해주신 삼육서울병원 내분비과 박순희 과장님과 의료진에게 깊은 감사를 드린다. 지금까지 4개 대학병원의 응급실과 중환자실을 거치면서 치료를 받아왔다. 심장병에 중점을 두고 치료를 받았고 간이 좋지 않았다. 신장 상태가 안 좋다 하면서 조치를 취하지 않았다. 그러나 삼육서울병원은 달랐다. 환자에게 책임 과장(내분비과장)을 지정하고 환자 치료에 최선을 다함으로 다른 분야의 심장 호흡기 등 약을 같이 먹도록 조치했다.

퇴원 후 진료 시 다른 분야 심장, 신장, 호흡기 등, 같은 날 1시간 간격으로 진료를 받도록 함으로써 시간의 신속성과 환자의 편리함을 배려해 주었다. 삼육서울병원이 환자 진료 연결 시스템이 가장 잘 되어 있다고 생각했다. 앞으로 나의 치료는 삼육서울병원으로 정하고 주기적으로 외래 진료를 받고 있다.

아침이 제일 좋다. 살아 있음에 감사함이 벅차오르고 밤이 두렵다. 혹시 죽지 않을까 하는 두려움 때문이다. 건강이 어느 정도 회복되면 시골집에서 휴식을 취하면서 여생을 살아가려 한다.

가족의 사랑

아름다운 사랑

　그는 오늘도 방 한구석에 누워있다. 일어날 수도 없고 아무런 행동도 할 수 없고 그냥 숨만 쉬고 있을 뿐이다. 그는 바로 내 친구 류정석이다. 오랜 기간 동안 파킨슨병에 고통을 받고 있으니 얼마나 안타까운 일인가!

　2002년 5월 일육회(군 임관 동기) 모임에 처음으로 그가 참석했다. 모임에서 그는 전역(중령) 후, 국방부 군무원(부이사관)으로 다시 근무하게 됐음을 모두 박수로 환영했다. 당시 나는 총무로서 결산보고를 설명하고 즐겁게 지냈다. 그 후 그는 모임에 나오지 않았다. 그런데 2008년도 모임에서 이상석 회원이 류 정석이 삼성병원 중환자실에 입원했다고 전했다. 우리 동기 모임에서는 병문안을 가기로 결정했고 임원진이 가기로 의견을 모았다. 하지만 모두 바쁜 탓으로 회장인 나 혼자 병원을 방문했다.

병원에는 아내만이 병실 밖에 있었으며 중환자실 병문안은 안 된다고 했다. 복도에 있는 의자에서 여러 가지 대화를 나누었다. 류정석은 2006년도에 파킨슨병을 진단받고 악화하여 중환자실에 입원 중이나 대화도 어렵고 혼자 움직일 수 없는 상태라 하니 병의 심각함을 느꼈다. 그의 아내는 교사직을 사직하고 홀로 매일 곁에서 병실을 지키고 있다고 했다. 류정석은 후보생 시절 내무반에서 같이 생활했기에 잘 아는 사이였고 키 크고 잘생긴 멋진 군인이었다. 그는 아내를 만나 행복한 삶을 살아왔는데 점점 악화하는 파킨슨병이라니…. 너무나 마음이 아프고 착잡한 심정이었다. 어느덧 1시간 동안 대화를 했고, 훌륭한 친구 아내의 헌신적인 사랑에 감탄했다.

어느덧 수년의 세월이 지났고, 우리 동기생들은 하나둘씩 우리 곁을 떠나가고 있다. 초창기 200여 명의 회원이 지금은 70여 명의 회원만 만나고 있을 뿐이다. 월남전에서 전사하고 전후방 순직한 수십 명의 동기생이 현충원에 잠들고 있다. 장교 임관 53년이란 세월이 지났고, 올해에는 코로나 때문에 현충원 참배를 못 했다.

2018년 모임에서 이상석이 류정석의 병이 심각한 상태임을 알리자 며칠 후 백남철, 이상석, 엄승길, 채칠묵 등 동기생이 병문안을 다녀왔다. 2020년 8월 10일 류경석 집에 전화했더니 아내가 받았다. "현재 상태는 어쩐지요?", "지금은 아무것도 할 수 없는 상태며 눈감고 누워있어요."라고 했다. 숨만 쉬는 식물인간이라니! 가슴 아픈 사연이었다.

파킨슨병이란 치료는 불가능하고, 다만 치료는 더 악화를 방지하는, 아니 시간을 지연시키는 역할이라 할까? 그런데 오랜 기간 동안 그의 곁에 아내가 함께하고 있었다. 한시도 곁을 떠나지 않고 모든 것(목욕, 식사 등 돌봄)은 진정한 사랑, 희생정신이라 여긴다.

나는 아버지가 교통사고 시 5개월간 혼자 병간호를 했을 때 힘든 것을 깨달았기에 류정석 아내의 따뜻한 마음을 알 수 있다. 벌써 남편과 함께한 지 17년이 지나 70이 되었고, 아마 마지막까지 남편 곁을 지킬 것이다.(효사랑 본부에서 표창장을 받았다.) 헌신적이고 희생적인 사랑의 힘, 지성이면 감청이란 뜻이 있듯이 기적이 있기를 기원한다. 우리 시대에 모든 사람의 귀감이 아닐까 여긴다. '세상에서 가장 아름다운 사랑'이라고 표현하고 싶다.

孝順還生孝順子
忤逆還生忤逆子
不信但看簷頭水
點點滴滴不差移

효도하고 순종하는 사람은 또한 효도하고 순종하는 아들을 낳으며 반역하는 사람은 반역하는 아들을 낳는다 믿지 못하겠거든 저 처마끝의 낙수를 보라 방울방울 떨어져 내림이 어긋남이 없지 아니한가?

효심은 사랑이다

2018년 5월, 어느덧 들녘에는 꽃이 만발하고 초록이 짙어 가는 따뜻한 봄이었다. 삼우회 인계인수 일정을 조완규(사무총장)로부터 통보받았으나 어떤 사유인지 무려 세 번이나 변경되었고, 월말 마지막 주 금요일로 결정 일자를 재통보받았다. 장소는 분당이었다. 왜 먼 곳으로 잡혔는지 이해가 안 된다. 나는 길도 멀고 장소 위치도 몰라 무려 2시간 전에 출발했으며 전철역에서 장소까지는 25분 정도 소요됐다. 그곳은 대형 식당이 밀접 되어 있었다.

너무 일찍 도착해서 주변을 배회 하다가 30분 전에 들어가니 식당 안은 대만원이었다. 저녁 6시 모임인데 윤석규 회장은 1시간 늦게 참석했다. 모임은 삼우회(단기 사관 3기 동기회) 신구 회장 임원진으로 인계인수하기 위함이었다. 모임은 2시간 정도 소요됐다. 신임회장은 회장직을 거절했으나 김상길 사무총장에게 인계인수는 마무리되었다. 모임이 끝나고 윤석규 차량으로 전철역까지 가면서 왜 늦게 참석하고 장소를 먼 곳에 결정했느냐 불만족을 토로했더니 그런 사정이 있었다고 한다. 나는 메시지에 있는 가족사진을 보고 깜짝 놀랐다. 나와 윤석규 회장은 가까운 사이는 아니다. 그는 후보생 시절 다른 중대였기에 안면만 있었고 가끔 삼우회 모임에서 만나는 사이였다. 그러나 그가 2016년 4월에서 2018년 4월까지 회장을 하면서 모임과 행사를 열심히 추진하였고 항상 웃음이 넘쳐나는 친구였다. 그의 모든 행사 및 모임에 빠짐없이 참여하고 자주 대화하다 보니 친한 친구가 될 수 있었다.

그가 보낸 사진 속에는 연세 많으신 어머니, 아내의 연약한 모습이었다. 그는 고령의 어머니를 모셨고, 부인은 오랫동안 당뇨와 신장 등 질병으로 일상생활이 어려워 식사 및 모든 집안일을 도맡아 한다고 했다. 같이 사는 큰딸이 있지만 직장 생활을 하므로, 그래서 집이 성남이어서 그곳으로 장소를 정한 것이라고 했다. 그의 말을 들으니 이해하게 됐다.

그간 서로 연락이 끊긴 것도 나는 심장병으로 치료 및 수술을 받느라 병원 입원을 반복하였고, 윤석규 회장은 집안일이 바빴고, 2020년 1월경 대장암 수술을 하였다. 어머니는 당분간 여동생이 모시던 중 2020년 3월 6일 102세에 돌아가셨다. 동생 집에 있으면서 항상 아들(82세)이 죽을까 봐 걱정하셨다고 하니 어머니의 자식사랑은 하늘보다 높고 바다보다 깊다는 의미를 다시 한번 새겨 본다. 내가 사는 동네에서 있었던 일화를 떠오르는 계기가 되었다.

 지금부터 20년 전, 주변에서 있었던 일이다. 어머니와 아들 며느리가 살았는데 아들은 춘천 H 공기업 간부로 근무했고 부인은 시어머니와 생활하고 있었다. 그런데 며느리는 평소에 시어머니를 홀대했다. 항상 외출하여 외부에서 식사하고 다녔고, 시어머니에게 너무 무관심하다고 소문이 돌 정도였다. 시어머니는 누추한 옷을 입고 다녔고, 배고파서 굶주림에 길거리를 배회하고 다니며 폐지를 주웠고, 그걸 팔아서 빵으로 배고픔을 달랬다고 하니 얼마나 불행한 삶인가….

 아들은 어머니의 힘든 생활을 알고 있었을까? 집에는 음식이 없어 식사를 못 했고 그렇다고 다른 먹을 것도 없었으니 길거리를 다니며 배고픔을 달랬는지도 모른다. 부모가 아들을 대학까지 보내고 결혼까지 시키고 있는 돈을 다 주었지만, 며느리가 홀대하다니…. 너무 가슴 아픈 일이다.

 할아버지가 돌아가시기 전에 집을 할머니 앞으로 이전해

두었다.(배려라고 생각된다.) 그 후 며느리가 갑자기 할머니를 따뜻하게 대해주고 식사하라고 용돈을 주는 등 태도가 달라졌다고 한다. "어머니, 돌아가시면 집이 무슨 소용 있어요." 감언이설과 성화에 집을 넘기고 말았다고 한다. 갑자기 태도가 돌변하여 홀대가 더욱더 심했고 식사도 안 주자 할머니는 다시 길거리를 배회하게 되었고, 추운 겨울 저녁에 대문은 열리지 않았다고 한다. 방에 전등불은 켜져 있었고 사람이 있는 것 같았는데 끝내 대문은 열리지 않았다고 한다. 어쩌면 열쇠를 바꾸었을까 생각이 들었다고…. 결국 할머니는 추위와 굶주림으로 대문 앞에서 슬픈 인생을 마감했다고 한다.

그 후 집을 팔고 두 부부는 어딘가로 떠나가 버렸고 부모님께 불효한 그들은 양심(良心)이 있다고 볼 수 없다. 그에 비해 친구는 어머니를 성실히 모셨다. 부인이 병간호하고 보살피는 것은 효심의 사랑이라 여긴다. 자식에 대한 사랑을 절반만 부모님께 한다면 얼마나 좋을까?

효(孝)는 인간의 근본(根本)이다. 효사랑 실천으로 아름다운 사회가 되었으면 한다.

요즈음 글을 쓴다 했더니 친구 역시 시를 쓰고 있다며 한 편의 시를 메시지로 보내왔다. "한사람이 평생을 행복(幸福)하게 살아가기 위해 필요한 것 가운데 가장 위대한 것은 친구(親舊)다" 이는 그리스 철학자 에피쿠로스가 한 말이다. 그는 나의 영원한 친구로 기억될 것이다.

꽃들의 향연

피고 지고
지고 피고
슬픔이 기쁨주고

시인에겐 감성 주는
꽃들의 향연

봄이면
얼음 한기 무릅쓰고
살며시 얼굴 내미는 매화

여름엔
화려하다 못해
온 세상 불 태울 듯
빨간 장미

가을엔
늙음이 부끄러워
하얀 얼굴에 홍조 띠고
웃음꽃 활짝 동백

꽃들의 향연
인간의 삶에
활력을 더하여 준다

아내 곁을 지키는 남자

2018년 4월경이었다. 아침 일찍 군 산악회에 참석하기 위에 서대문 공원을 찾았다. 아침 8시인데 몇 명 없었고, 9시 지나서야 5~60명 정도 나왔을 뿐이다. 아는 사람이 별로 없어서 홀로 앉아 있는데 오영우(오형) 회원을 만났다. 그와 나는 나이도 비슷하고 같이 자주 대화를 나누는 다정한 친구가 된 지 오래다. 나이는 묻지도 말고 서로 친한 친구로서 대하기로 약속한 사이로 가깝게 지내고 있다.

일제 강점기 애국 독립운동 역사가 있는 서대문 형무소를 지나 둘레길을 따라 서대문 보은사 가는 코스(안산 자낫길이라 부르기도 한다)였다. 날씨는 조금 덥지만 코스 길은 험하지 않고 평탄하기에 걷기에 힘들지 않았다. 중간에 이르자 숲이 우거져 있고 넓은 광장이 있어서 각 면 단위로 휴식을 취하고 과일 등 간단한 간식을 먹으며 즐거운 담소 시간을 갖게 되었다. 우리 둘은 따로 앉아 이런저런 대화를 했다. 나는 오랜만에 참석했지만, 오형은 빠지지 않고 참석했고 등산을 아주 좋아한다는 것이다. 특히 아내가 건강이 안 좋아 월~금요일까지 가족을 돌보고, 토요일과 일요일은 자유 시간이라고 했다. 등산하거나 만나고 싶은 사람을 만나서 즐겁게 지낸다며 자랑한다.

우리 장성군 향우회는 오랜 역사를 갖고 있다. (1962년 창립, 회장 29대) 나는 정진성 회장이 떠오른다. 그는 2000년도 장성군 산악회를 조직해서 6년간 회장을 하고, 또한 2006년도 장성군 향우회장으로 6년을 해서 무려 12년간 하였다. 그의 헌신적인 노력으로 향우회가 크게 발전하였다.

그의 주요 업적을 소개하자면 산악회 65세 이상 회원에게 회비를 받지 않았다. 그 영향인지 원로 회원이 대거 참석하여 산악회 활성화에 기여할 수 있는 계기를 만들었다. 그뿐만 아니라 매월 가까운 등산 시에는 200명이 참석했고, 야외지방 산행에는 500명 이상(버스 15대)이 참석했다. 장성군 군민의 날 행사 시에는 전속 열차까지 동원하여 1,000명 이상 참석하였다. 정진성 회장이 재직 시 주요활동 격년제로 장성군 지방 산행 시 23대의 버스와 1,000명이 참석했다. 기간 중 4회의 대규모 체육행사 시에는 수천 명이 참가하였다.

매월 산악회보 배부 장성군 50주년 기념 향우회지(2012년, 어제와 오늘 내일 향우작품 모음집) 발간했다.

지방 산행은 대표적으로 백양사, 문경새재, 청평 호텔, 변산반도, 청풍 호텔, 월악산, 치악산 등을 갔고, 전국을 안간 곳이 없을 정도다. 향우회 연 3회 대규모 행사 등 획기적인 활동을 하였다. 물론 집행부의 적극적인 뒷받침이 있었고 특히 상임 부의장 김종태, 사무국장 원성술이 희생적으로 실무 역할을 다했다. 또한 2회에 걸쳐 크루즈로 중국 여행 시 수백 명의 회원이 여행을 다녀왔다. 왜 활성화될 수 있었을까?

모든 행사 시 회장이 먼저 기부금을 냈다. 집행부 임원과 면 단위 회장도 참여하였다. 회장의 인맥과 동향 기업인, 사업가, 부회장 등의 자발적 동참이 이어졌다. 기부금은 산악지와 향우회보에 게재되었고, 투명하게 처리 결과를 발표해서 신뢰성을 갖게 되었다. 정진성 회장의 탁월한 통솔력과 기금마련 등 광대한 행사 등은 그가 군 간부 생활을 했기에 리더십이 빛날 수 있었다고 여긴다. 그는 이루 형언할 수 없을 만큼 많은 업적을 남겼다. 한마디로 장성군 산악회와 향우회의 황금시대를 이루었다.

어느 날 시골집에 가니 비석이 있었다. 비석에는 두 아버님의 결연, 의형제의 이름이 새겨져 있었다. 두 유교 집안의 돈독함을 알 수 있었다. 정 회장과 군 생활 중 자주 만났고 지금도 부모님의 뜻에 따라 우애가 깊다.

어느덧 1시간이 스치듯 지나갔다. 다른 회원들이 간식을 먹으며 대화하기 바쁜 듯하니 먼저 오형과 둘이 출발했다. 얼마 정도 걸어가니 웅장한 숲속이 편백 나무와 잣나무 등으로 가득했다. 약수와 의자가 있었다. 아니 서울 근교에 이런 큰 나무숲이 있다니…. 감탄할 수밖에 없었다. 잠시 휴식을 취하며 대화를 나누었다.

그의 아내는 2010년도에 낙상으로 뇌출혈이 생겼고, 그 후 치매가 나타났고, 파킨슨병까지(장애 3급) 판정을 받은 중환자가 되었다고 한다. 지금까지 무려 10년간 변강호를 했다니…. 병원에서 약을 처방받아 복용하고 있어서 어느 정도 걸어 다닐 수도 있다고, 큰 힘은 들지 않는다고 대수롭지 않게 얘기한다. 고려 시대 고려장이 있었다고 한다. 서민들의 생활 중 하루 밥 세 끼를 먹기가 힘들어 부모가 나이 들거나 아프면 산에 버려 짐승의 공격을 받거나 추위와 배고픔에 죽어가게 하는 것이다. 현대판 고려장으로 수년 전 뉴스에 나온 사건이 있다. 부모님을 모시고 제주도 효도 관광을 갔다가 부모를 놔두고 아들 내외만 돌아왔다고 했다. 부모는 길거리를 헤매다가 주민 신고로 구조됐지만 과연 아들 부부는 잘 모시고 있을까 생각이 들었다. 흔히 자식들이 부모를 모시기 싫어서 요양 병원과 요양원에 보낸 사례가 많다. 병원에서 대부분 쓸쓸히 돌아가시니 이를 현대판 고려장이라고 부르곤 한다.

그에게 삼 남매가 있다. 둘째는 중국에 막내딸은 미국에 살고 있어 얼굴 못 본 지가 10년이라고 한다. 다행히 장남은 도보 10분 거리에 살고 있어서 매일 아침에 인사하고 출근한다고 한다. "아들이 효자네!" 속담에 '자녀 한 명은 가까운 곳에 살아야 부모를 돌본다. 먼 친척은 이웃사촌만 못하다.'라는 게 있다. 내지인 중에 자식 옆으로 이사 가고 자녀가 부모 곁으로 이사 가니 좋은 일이라 여긴다. 나는 딸과 한집에 사니 더 말할 것도 없다.

그는 혼자서도 자주 등산을 한 탓인지 건강 상태는 나이에 비해 월등히 20년은 젊게 보인다. 아픈 곳도 없고 아내를 돌보면서 자기만의 시간을 갖고 인생을 즐겁게 산다는 것을 강조한다. 즉 자기가 건강해야만 아내를 돌볼 수 있다고 한다. 또한 노후를 대비해서 생활비를 준비했고, 요양보호사 자격증을 획득해서 월 80만 원의 정부 보조금을 받고 있다고 한다. 어느덧 대화하면서 걷다 보니 목적지 보은사에 도착했다.

찜질방과 식당에는 등산하지 않은 10명이 와 있었다. 약 30분이 지난 후 모두 도착했고, 신임 집행부의 인사가 끝나고 간단히 국수로 식사를 했다. 오후 2시 30분경 마을버스를 타고 신촌역으로 출발해서 중간에 내린다고 했다. "오형, 어디가? 좋은 사람 만나러 가지?" 그가 웃는다. 그의 의미는 무엇일까? 아내 곁을 지키는 남자, 자신의 아내 곁을 지킬 수 있는 것은 건강관리와 긍정적인 삶이다. 이날이 나의 마지막 등산이었다. 건강상 먼 산길을 걷기 힘들기 때문이다.

지금은 코로나 시대라 병원에서 퇴원 1년 후 자주 통화한다. 아프다니 찾아오겠다고 식사라도 하자고 했지만 난 거절했다. 지금 만남은 서로의 건강에 좋지 않다. 그러나 따뜻한 친구의 고마운 마음은 간직하고 싶다. 코로나가 잠잠해지고 백신 주사 맞은 후에 만나 좋은 친구로서 만나게 될 것이다.